KB059856

브로콜리를 좋아해?

김지현

장편소설

사계절

차례

1 가지

쉬는 시간이 시작되자마자 타이머를 맞추었다. 아침에 적은 플래너를 확인했다. 미리 계획해 놓은 대로 틈틈이 쉬는 시간과 점심시간까지 활용하면 오늘 수업을 마치기 전에 충분히 숙제를 끝낼 수 있을 거다. 타이머 속 숫자는 빠르게 바뀌고 있었다. 문제 풀이를 시작하려는데 무시할 수 없는 이름이 귀에 꽂혔다.

"최희원한테 부탁해 볼까? 네 뒷자리잖아."

소리가 나는 쪽으로 힐끗 돌아보았다.

여자애 둘이 자기들끼리 의미심장한 눈짓을 주고받았다. 둘의 고개가 같은 방향으로 돌아갔다. 그 시선 끝, 교실 창가 쪽 가장 뒷자리에 최희원이 앉아 있었다.

"어려울 듯? 저번에도 까였잖아."

"가서 물어나 보자."

둘은 일어나 창가 쪽으로 향했다. 나는 타이머를 정지시켰다. 집중력은 이미 깨졌다.

어차피 그 애들이 할 말이란 시답잖을 게 뻔했다. 우리 반 애들은 부탁할 일이 있을 때만 최희원을 찾는다. 우리 반에서 최희원과 친하다고 말할 수 있는 애는 한 명도 없을 거다. 나도 아직 최희원과 한 마디도 말을 섞어 본 적 없다. 하지만 나에겐 그럴 만한 이유가 있다. 나는 최희원에게 아주아주 중요하고, 그만큼 인상 깊은 말을 첫마디로 건네기 위해 고심 중이다.

"다음 시간에 나랑 자리 좀 바꿔 주면 안 돼?"

"왜?"

"우리 둘이서 할 게 있어서."

할 게 있다고? 그래 봤자 고작 필담 같은 것들 아닐까. 무어라 말이 더 오가는 것 같았지만, 다른 아이들이 떠들어 대는 통에 잘 들리지 않았다.

"김유진! 핸드크림 있어?"

수현이 내 앞자리에 걸터앉았다. 아오, 하필 지금. 나는 입

술을 깨물었다.

"잠깐만."

"있다는 거야, 없다는 거야."

수현의 눈이 가늘어졌다. 나는 필통에서 핸드크림을 꺼내 주었다. 수현은 핸드크림을 바르며 연신 코를 킁킁댔다.

"향 좋다. 이거 크루얼티 프리네?"

그게 뭐야, 물으려는데 최희원에게 말을 붙이러 간 두 사람이 돌아왔다. 암튼 별났어, 치사해. 수군거리는 말소리가 나를 향한 말이라도 되는 듯 가슴에 콕콕 박혔다.

"누구 말하는 거야?"

수현이 덩달아 소리를 죽여 물었다. 둘은 조금 멈칫하더니 곁눈질로 최희원 쪽을 가리켰다. 나도 돌아볼까, 말까. 괜히 심장이 콩닥콩닥 뛰었다.

"한 시간만 자리 좀 바꿔 주면 어때서."

"그러니까. 어차피 이상한 책이나 읽을 거면서."

"쟤가 뭘 읽는데?"

수현이 흥미롭다는 듯 물었다.

"몰라."

돌아온 싱거운 대답에 수현의 눈이 다시 가늘어졌다. 학기 초에는 저 눈빛을 해석하지 못했지만 이젠 알 수 있다. 무언가 마음에 안 들지만 하고 싶은 말을 삼켜야 할 때, 수현은 늘 저런 눈이 된다.

예비종이 울렸다. 툴툴대던 둘도 각자 자리로 돌아갔다. 수현만 그대로 앉아 물끄러미 나를 보았다.

"뭐 해. 종 쳤어."

"흐음?"

저렇게 웃을 듯 말 듯 입꼬리를 약간 올리면서 가늘어지는 눈은 또 다른 의미다. 난 지금 네가 무슨 생각을 하는지 알지, 하는 의뭉스러운 느낌이라고나 할까.

"네 자리로 가."

"오호, 나한테 화풀이를 한다 이거군."

"뭐래."

수현이 묘한 미소를 지으며 자기 자리로 돌아갔다. 나는 애써 아무렇지 않은 표정으로 책상 위 물건들을 정리했다. 그리고 조심스럽게, 창가 쪽 맨 뒷자리를 돌아보았다.

최희원은 3분의 2만 뜬 것 같은 심드렁한 눈으로 책을 읽고 있었다. 모두가 참고서만 보는 교실에서 최희원은 소설책을 읽는다. 주로 어두컴컴한 표지에, 고딕같이 투박한 글씨체로 제목이 적힌 추리소설 같은 것들. 애들이 '이상한' 책이라고 싸잡아 말하는 이유도 알 것 같다. 책 내용이 어떤지를 떠나서, 다른 아이들은 읽지 않는 소설을 읽으니까.

누가 유행어나 밈 같은 것을 따라 해도 덩달아 웃지 않고, 쉬는 시간에 휴대폰을 들여다보지도 않고, 급식 시간에는 혼자 도시락통을 들고 어디론가 사라지는 최희원이 이상하게 보이지 않는다면, 그거야말로 이상한 일이겠지. 교실에서는 남들이 하지 않는 짓을 하는 것만으로도 충분히 별나고 이상한 애가 되니까.

우리 반에서 최희원과 가장 친한 사람을 찾는 건 까다롭지만, 그 애에게 가장 호의적인 사람을 찾는 건 쉽다. 애석하게도 그건 나다. 최희원과 말 한 마디 섞어 본 적 없으면서, 그러니까 '1도' 친하지 않으면서, 애들이 뒤에서 가볍게 내뱉는 말에 어쩌면 최희원 본인보다 더 속이 쓰려 하는 나. 나는 어쩌다가, 하필 교실의 가장 변두리에 있는 최희원 같은 애를 좋아하게 된 걸까?

2 양파

"그래. 이번 모의평가 성적이 더 올랐구나. 여름방학 때 공부만 했니?"

담임이 물었다. 내가 대단한 일이라도 했다는 뜻일까? 이번 학기만 지나면 고3이니까 당연하다고 생각했을 뿐인데, 그렇게 말하려니 너무 모범생인 척하는 것 같았다. 나는 그냥 조금 쑥스러운 척 웃어 보였다.

"학교생활은 괜찮니? 다른 고민은 없고?"

"네! 다 좋아요."

"어유, 유진이야 문제없죠. 저는 우리 반 애들이 다 유진이 같으면 좋겠어요."

윤리 선생님이 불쑥 끼어들었다. 나는 조금 멋쩍어서 또 미소를 지어 보였다. 다른 아이들이라면 이런 상황에서 어떤 기분을 느낄까? 뿌듯해할까, 아니면 부담스러워할까?

나는 내가 모범생이라고 생각하지 않는다. 물론 공부를 못하는 것보단 잘하는 쪽에 훨씬 가깝지만, 내가 우리 학년에서 공부를 제일 잘하는 것은 아니니까. 적당히 공부를 잘하고, 적당히 예의 바르고, 반 아이들과 적당히 잘 지내는 것일 뿐인데 어른들은 내가 아주 대견하고 어려운 일을 하는 것처럼 대했다.

"수학 성적이 좋아서 상경 계열도 괜찮을 것 같은데. 사범대만 희망하는 거니?"

"네."

"왜? 왜 교사가 되고 싶니?"

"그냥 학교가 좋아요. 편하고요."

"편하다고?"

담임은 허허, 참, 하고 웃었다. 선생님의 웃음이 무슨 뜻인지는 몰라도, 나한테는 학교만큼 쉬운 곳이 없다. 해마다 같은 일들이 반복되고, 해야 하는 것과 하지 말아야 하는 것이 명확하게 정해져 있으니까. 학교 안에선 그저 남들이 예전부터 해 오던 대로, 정해진 답만 선택하면 된다. 그것만큼 편하고 쉬운 게 또 있을까?

순간 은오가 떠올랐다. 은오는 지금 어디서 뭘 하고 있을까. 마음 한쪽이 콕콕 쑤셔 왔지만, 나는 티 내지 않으려 더 밝게 웃어 보였다.

휴대폰 화면이 밝아지더니 메시지가 떴다.

나 도착

편의점에 있을게

마침 오답 노트 정리를 다 끝낸 참이었다. 나는 플래너를 펼쳐 '수학 오답 노트 정리' 칸에 완료 표시를 했다. 그 아래, '영단어 40개 암기'가 남아 있었다. 이건 집에 가서 마저 해야겠다. 나는 조급해지는 마음을 누르며 짐을 챙겼다.

건물을 빠져나오자, 은오가 1층 편의점에서 튀어 나왔다.

"유진! 바로 나왔네?"

"응. 수업은 일찍 끝나서, 자습실에 있다 왔어."

나는 걸치고 있던 카디건을 벗어 가방에 넣었다. 학원 자습실에서 에어컨 바람을 직통으로 내내 맞고 있던 탓에, 카디건과 내 팔에는 아직도 찬 기운이 남아 있었다. 은오가 딸기우유에 빨대를 꽂아 나에게 내밀며 말했다.

"그거 기억나? 옛날에 인터넷에서 본 건데, 딸기우유 색소를 벌레로 만든다는 말이 있었잖아."

"그래?"

나는 딸기우유를 한 모금 마셨다. 사실 뭐가 들었든 별로 상관없었다.

"먹어도 되는 벌레겠지. 그게 아니면 다들 이렇게 딸기우유를 마시겠어?"

"먹어도 되는 벌레라니, 말이 좀 이상하네."

은오는 혼잣말처럼 중얼거리며 폰을 꺼내 들었다.

"연지벌레를 말려서 썼대. 요즘엔 딸기우유도 그냥 흰색이잖아. 색소 안 쓰는 딸기우유가 더 많대."

화면을 한참 넘겨 보던 은오가 말했다. 왜 굳이 벌레에서 색소를 얻었을까? 다른 데서 얻는 방법은 없나? 중요하지도 않은 의문이 머릿속을 맴돌았다. 그렇게 딸기우유에서 시작한 대화는 우리 동네에 다다를 때까지 이어졌다. 은오와 나는 같은 유치원에 다니면서 처음 만났다. 은오를 만나면 평소에는 하지 않는 싱거운 얘기를 많이 하게 된다.

나는 은오에게 매일 하는 질문을 꺼냈다.

"넌 오늘 뭐 했어?"

몇 달 전만 해도 이렇게 물을 일은 없었다. 우린 늘 같이 다녔으니까. 떨어져 있을 때도 지금 어디서 무엇을 하고 있을지 빤했으니까.

"나? 도서관 갔지."

"스터디 카페 끊었다며."

"거긴 공부할 때 가는 데고. 오늘은 책 실컷 읽었지."

그렇게 말하는 은오는 퍽 흡족해 보였다. 좋겠네, 여유가 넘치는구나, 그런 말이 나도 모르게 튀어나올 것 같았다. 지난달, 은오는 검정고시 시험에 접수까지 해 놓고선 아직 준비가 덜 되었다며 시험장에 가지 않았다. 나는 타이밍을 조금 살피다 말을 꺼냈다.

"검고 학원은 알아봤어?"

"아, 그거. 그냥 독학하려고. 혼자 해도 될 것 같아."

습기 가득한 밤공기가 우리 사이를 맴돌았다. 원래라면 내가 오늘 뭘 하며 보냈는지 말할 차례다. 그런데 자꾸 망설여진다. 은오에게 학교 이야기를 해도 괜찮을까? 나, 오늘 낮에 담임이랑 면담했는데 모의평가 성적이 올랐다고 칭찬받았어. 윤리 쌤은 다른 애들이 다 나 같으면 좋겠대! 예전 같으면 은오에게 마음껏 자랑했겠지만, 지금은 어쩐지 입이 떨어지질 않았다.

갑자기 은오가 알 수 없는 멜로디를 흥얼거리기 시작했다. 왜 신난 거지? 어릴 때는, 은오가 웃으면 나도 즐거워졌고 속상해하면 나도 울고만 싶었다. 그런데 이젠 은오의 속을 알 수 없을 때가 많아졌다. 그 애의 고민, 결정, 감정 같은 것들 모두 다.

은오와 나의 생활이 달라져서일까? 우리는 초등학교, 중학교, 그리고 같은 고등학교에 입학했지만 더는 같은 학교 학생이 아니다. 은오는 2학년이 되자마자 학교를 자퇴했다.

"오늘은 걔랑 말 좀 해 봤어?"

은오가 싱글거리며 물었다. 은오는 내가 최희원을 좋아한다는 사실을 아는 유일한 사람이다.

"갑자기 뭐라고 말을 걸어."

"걔 맨날 소설 읽고 있다며. 가서 뭐 읽는지 물어봐 봐. 나도 궁금하다."

"애들이 완전 이상하게 볼걸."

"왜?"

"말했잖아. 반에서 이미지가 좀 그렇다고."

"왜 그렇지? 나쁜 애는 아닌 것 같다며."

"남들이랑 다르게 행동하니까 그렇지."

은오는 더 대꾸하지 않았다. 나는 말없이 딸기우유만 마셨다. 그러는 사이 근처 공원에 도착했다.

"오늘은 좀 시원하지 않아? 공기 좋다!"

은오가 숨을 크게 들이마셨다. 은오는 가끔 이렇게 내 학원 수업이 끝날 때까지 기다렸다가 우리 동네까지 함께 걸었다. 나에게 미안해서일까? 상의도 없이 불쑥 자퇴해 버리는 바람에, 나는 학교에서 외톨이가 될 뻔했으니까. 아냐. 은오가 그런 감정을 느끼긴 할까? 그런 걸 중요하다고 생각이나 할까?

"톡이라도 보내 보든가. 숙제 같은 거 물어보는 척해."

"그런 건 다른 애들한테 물어봐도 되잖아. 왜 친하지도 않은 자기한테 물어보냐고 하면?"

"복잡하네. 그냥 관심 있다고 해 버려."

"농담하지 마. 나 진심 진지하다고."

내 말에 은오가 코웃음을 쳤다. 말 한 마디 해 본 적 없으면서 진지하게 좋아한다니, 은오가 고개를 내젓는 이유를 알 것 같았다.

"뭐라도 진전이 생기면 꼭 말해 주기다."

"그럴 일 없어. 난 아무것도 안 할 거니까."

"노잼 김유진. 인생 첫 짝사랑인데 너무 시시한 거 아니니."

'노잼'이라니. 그럼 대한민국의 평범한 고등학생에게 재밌을 만한 일이 뭐가 있지? 은오는 흥미진진하고 설레는 일이란 끼어들 틈 없는, 쳇바퀴 도는 듯한 생활이 지겨워서 탈출해 버린 걸까. 그래도 나는, 그냥 익숙하고 예측이 가능한 노잼 인생을 택하고 싶다.

"하루 중에 이 시간이 제일 좋아."

은오가 밤공기를 들이마시며 말했다. 눈이 마주치자 은오가 소리 없이 미소 지었다. 저렇게 웃는 모습은 하나도 달라진 게 없는데, 나는 왜 자꾸만 은오가 낯설게 느껴질까?

최희원 얘기만큼은 은오도 매번 흥미롭게 들어 줘서 다행이었다. 그게 아니었다면, 나는 나의 가장 친한 친구에게 '인생 첫 짝사랑' 이야기도 그냥 묻어 두었을 거다. 학교에서 일어나는 일들이란 이제 은오에겐 아무 상관이 없고 궁금하지 않은 일일 테니까. 은오는 내가 자기 앞에서 적당한 말만 고르고 있다는 사실을 알까. 은오와 눈이 마주친다면 지금 내 복잡한 기분을 들킬 것만 같았다. 나는 저만치 멀리, 풀벌레 소리가 들려오는 곳을 가만히 바라보았다.

3 아보카도

급식실로 가는 계단에서부터 매콤한 카레 냄새가 진동했다. 학생증 바코드를 찍고 입구로 들어가려는데, 뒤에서 키가 큰 무리가 우르르 오더니 나와 수현 사이에 끼어들었다. 명찰을 보니 3학년 선배들이다.

수현이 새치기를 당해 뒤로 밀려난 나를 발견하고는 인상을 썼다.

“김유진! 여기로 와!”

나는 고개를 저었다. 결국 우리는 3학년 선배 세 명을 사이에 둔 채 배식을 받았다.

“재수 털리네. 늦게 왔으면 뒤에 서야지 웬 새치기야. 선배면 다야?"

수현이 투덜거렸다.

"됐어."

"난 음식 앞에서 치사한 인간이 되지 않으려고."

그렇게 말하곤 수현이 카레를 한 입 크게 떠먹었다. 수현은 가끔 별것도 아닌 일에 한껏 진지해지며 자기 철학을 늘어놓았다.

"음식 앞에서 치사한 게 뭔데?"

"한 끼 식사쯤은 굶을 수도 있고 좀 늦게 먹을 수도 있지. 새치기같이 양심을 버리는 짓거리는 하지 않을 테야."

수현은 비장해 보였다. 사실 나 빼고는 모두가 급식에 진심인 것 같다. 고등학교에선 덜한 편이지만 초등학교, 중학교에서는 식단표를 책상에 붙여 놓고 언제 무슨 특식이 나오는지 외우면서 종일 급식 시간만 기다리는 애들이 많았다.

"한 끼 식사를 가볍게 보는 게 아니라 오히려 그 반대라 그런 거지. 아주 신성하고 중요한 행위란 뜻이야."

"알겠어. 밥이나 먹어."

수현과 나는 밥을 다 먹고 바로 매점으로 향했다. 우리는 아이스크림을 사서 운동장을 걸었다.

"머리에서 카레 냄새 나는 것 같아."

오후 수업 내내 이 냄새를 맡아야 하다니. 내 말에 수현이 갑자기 눈을 반짝였다.

"카레 향 샴푸가 있다면 어떨까? 좋아하는 사람도 있지 않을까?"

수현은 저렇게, 나는 살면서 한 번도 궁금해한 적 없는 질문을 잘 꺼낸다. 대답을 해야 할까? 그때 저만치에 익숙한 실루엣이 보였다. 십 미터 밖에서도 알아볼 수 있을 실루엣이 느릿한 걸음으로 걸어가고 있었다. 같은 반이라 교실에서 온종일 볼 수 있는데도, 이렇게 우연히 마주치면 뽑기에서 원하는 상품이 나온 것 같은 기분이다.

"얼른 그거 마저 입에 넣어."

뭘? 내가 미처 대답하기도 전에, 수현이 아이스크림콘의 마지막 한 입을 내 입에 밀어 넣었다. 그리고 내 손을 잡고 내달렸다.

"나 명치 아파!"

수현이 나를 이끄는 속도가 더 빨라졌다. 속이 울렁거렸다. 우리는 자판기 앞에 멈춰 섰다. 뭐지? 차마 앞을 볼 자신이 없었다. 나는 고개를 숙인 채 숨을 몰아쉬었다.

"최희원! 우리 같은 반인데, 설마 모르는 건 아니지?"

가까워진 실루엣이, 그러니까 최희원이 물끄러미 우리를

보았다. 이렇게 가까이서 본 적은 처음이다. 심장이 미칠 듯 쿵쾅거렸다. 이건 떨려서가 아니다. 방금 빛의 속도로 내달려서 그런 거다.

최희원이 고개를 끄덕였다. 아니, 끄덕이는 듯했다. 나는 최희원의 교복에 달린 명찰만 바라보았다. 도저히 그 위로는 볼 수 없다. 나는 수현의 손을 꽉 쥐었다.

"우리 밀키스 한 캔만. 나눠 먹을게."

"……하나만?"

"아, 방금 아이스크림도 먹어서."

수현이 어깨를 으쓱했다. 나는 거의 울고 싶은 심정으로 수현의 소매를 잡아끌었다.

최희원이 밀키스를 뽑아 내밀었다. 그리고 오렌지주스를 하나 더 뽑았다. 이렇게 가까이에서 관찰할 기회가 또 없을지도 모른다. 나는 티 나지 않게, 최희원의 사소한 행동 하나하나를 눈에 담았다. 주스를 좋아하나? 탄산음료가 아니라 과일주스를 먹는다는 것도 괜히 특별해 보였다.

우리는 최희원을 졸졸 뒤따랐다.

"너 맨날 읽는 책 뭐야? 추리소설 같던데. 재밌어?"

수현이 호기심 가득한 얼굴로 물었다.

"응."

"오오, 난 셜록 홈스 좋아하는데."

그제야 대화를 할 마음이 조금 생겼다는 듯, 최희원이 수현을 내려다보았다.

"사실 영국 드라마 셜록 말한 거야. 꿀잼. 너도 그거 봤어? 김유진?"

수현이 내 이름을 똑똑히, 힘주어 말했다. 일부러 들으라는 듯이. 그래, 어쩌면 최희원이 내 이름조차 아직 모를 수도 있겠구나.

"근데 넌 왜 급식 안 먹어?"

수현이 또 물었다. 수현도 알고 있었구나. 나는 한 번도 급식실에서 최희원을 본 적이 없다. 최희원은 저 질문을 몇 번이나 받았을까? 전에 같은 질문을 한 사람이 많았다고 해도, 반대로 몇 없었다고 해도 어쩐지 안쓰러웠다.

"먹을 수 있는 게 없어서."

"왜? 맛이 없어?"

최희원은 고개를 저었다.

"그냥."

숨을 뱉듯 툭, 하고 나온 말이었다. 숨처럼 뱉었지만 실은 많은 것을 삼키는 말. 수현도 그걸 느꼈을까? 누구 앞에서든 쉴 새 없이 말을 쏟아 낼 수 있는 수현이 그 말에는 뭐라 대꾸하지 않았다. 어느새 교실에 도착했다. 최희원은 자기 자리로 가 앉았다.

"워, 제일 궁금한 걸 못 알아냈네. 내일 다시 도전한다."

수현이 다짐하듯 중얼거렸다.

"그만해라, 진짜."

"엥? 내가 궁금해서 그런 거야!"

나는 대답 없이 수현을 노려보았다. 이렇게 아무 준비도 하지 못한 채 최희원과 마주하게 되다니.

"혹시 나한테서 카레 냄새 나?"

"봐 봐, 맞잖아. 좋아하잖아."

"내일까지 너랑 말 안 한다."

수현에게 선언한 나는 자리로 돌아와 앉았다. 아까 한 대화가 머릿속에서 빙빙 맴돌았다. 최희원은 정말 급식을 먹지 않는구나. 짐작하던 사실을 오늘 확인하게 되었다.

나는 이유를 분석해 보기 시작했다.

나도 속이 좋지 않은 날, 수행평가를 망친 날에는 급식을 거른 적이 있다. 급식을 먹고 우르르 돌아오는 아이들에게선 늘 특유의 냄새가 풍겼다. 메뉴를 알 수 없는 음식 냄새. 그 냄새는 급식실에 가지 않은 날에만 맡을 수 있다. 혼자 빈 교실에 남겨진 것도 심란한데, 요란하게 돌아오는 아이들에게서 그 냄새가 나면 괜히 싫었다. 최희원도 매일 그 냄새를 맡을까? 자기를 뺀 모두에게서 나는 그 냄새를 참고 있을까? 최희원은 왜 급식을 먹지 않는 걸까? 혹시 친한 애가 없어서?

우리 반 여자애들은 친한 무리끼리 밥을 먹지만, 남자애들은 아무나 같이 몰려가서 밥을 먹는다. 주로 반장이 가장 늦게까지 남아 있다가 타이밍을 놓친 애들을 데리고 급식실에 간다. 그렇다면 왜?

함께 급식실까지 걸어가고, 마주 앉아 밥을 먹고, 남은 시간을 보내면서 할 수 있는 것들이 많은데, 왜 그걸 하지 않을까? 전교 1등도 특식이 나오는 날엔 기뻐하고, 후식으로 나오는 요구르트를 잊지 않고 챙긴다. 교실 안에선 오늘 급식 메뉴가 중요한 대화 주제 중 한 가지다.

You are what you eat. 아주 예전에, 식습관에 관한 어느 다큐멘터리에서 들었던 말이다. 무엇을, 어떻게, 얼마나 먹는지는 생각보다 그 사람에 대해 많은 것을 알려 준다. 카레를 먹으면 어쩔 수 없이 머리카락과 교복에서 카레 냄새를 풍기는 것처럼. 그렇다면 모두가 당연히 먹는 급식을 먹지 않는 건, 도대체 어떤 의미일까?

4 강낭콩

우리 집 냉장고에는 늘 같은 상표의 사과주스가 있다. 동그란 유리병이 예쁘다며 엄마가 자주 사다 놓는 주스다. 난 평소에 손도 대지 않던 주스 한 병을 챙겨 나왔다.

오늘 나의 계획은 두 가지다. 첫째, 어차피 수현도 내가 최희원을 좋아한다는 사실을 아는 것 같으니, 수현에게 솔직하게 털어놓고 도움을 구할 것. 둘째, 밀키스를 사 준 보답이라며 최희원에게 이 사과주스를 주는 것. 이 계획을 생각만 해도, 내 심장은 터져 버릴 것만 같았다.

최희원의 자리는 비어 있었다. 나는 자리에 앉아 차분히 숨을 골랐다. 뭐라고 하면서 줘야 하지? 어제 수현과 최희원이 대화할 때, 나는 끼어들지 못했다. 오늘은 말을 나눌 수 있을까? 갑자기 뛰쳐나가 복도를 내달리고 싶은 기분이다. 으아악!

마침 교실 뒷문으로 수현이 들어왔다.

"김유진! 나 좀 도와줘."

수현은 자리에 가방도 내려놓지 않은 채 곧장 나에게로 왔다. 도와 달라고? 내가 너를? 그건 내가 하려던 말인데?

"무슨 일이야?"

"이거 같이 붙이자."

수현이 가방에서 종이 뭉치를 꺼냈다. '삼순이의 엄마/아빠를 구합니다'라는 문구로 시작하는 전단지였다. 그제야 나는 흘려들은 고양이 얘기가 떠올랐다. 며칠 전, 수현이 아파트 화단에서 구조했다는 새끼 고양이. 수현은 키우는 고양이가 따로 있지만, 비에 젖은 채 울고 있는 고양이를 또 데려왔다고 했다.

"어디에 붙여야 전 학년이 볼 수 있지?"

"일단 선생님 허락을 받아야지."

내 말에 수현의 눈이 커졌다.

"설마 그냥 붙이려고 했어?"

"응. 안 되려나?"

"그러다 너 또 교무실에 불려 가."

지난 학기에 수현은 학교 화단에 고양이 밥을 놓아 뒀다는 이유로 교무실에 불려 갔다. 그 후로도 교무실에 몇 번 들락거리더니, 뒷정리를 깨끗하게 한다는 전제하에 밥을 줘도 된다는 허락을 받아 냈다. 은오가 자퇴하고, 혼자 남은 나에게 수현이 함께 급식을 먹자고 한 지 얼마 안 되었을 때의 일이었다. 챙겨 준 건 고마웠지만, 나는 저런 일로 교무실에 불려 다니는 수현을 이해하기가 조금 어려웠다.

2학년 교실 복도와 교내 게시판, 급식실 앞에 수현의 전단지가 붙었다. 선생님이 수현에게 허락한 시간은 고작 이틀이었다. 다들 학교 게시판에 붙은 종이 같은 건 그냥 지나치는 줄 알았더니, 전단지를 붙인 바로 다음 쉬는 시간부터 삼순이가 궁금하다며 찾아오는 사람들이 있었다. 나까지 덩달아 입양 면접관이 됐다.

"고양이 키워 본 적 있어요?"

수현은 처음 보는 선배 앞에서 하나도 기죽지 않은 채 당당하게 물었다.

"아니. 이제 키워 보려고."

"근데 선배님 학교 오면 누가 삼순이 돌봐 줘요?"

"고양이는 혼자 둬도 되는 거 아니야?"

3학년 선배가 함께 온 자기 친구를 보며 물었다. 확신이 없는 눈빛을 주고받는 선배들을 보며 수현의 눈이 가늘어졌다. 선배는 마음이 바뀌면 찾아오라며, 자기 반과 이름을 일러 주고는 돌아갔다.

5교시 수학이 끝나고 또 다른 선배들이 수현을 찾아왔다.

"얘 데려가려면 너한테 돈 줘야 하냐?"

"아니요. 대신 입양 계약서는 써야죠."

"켁."

옆에서 거들먹거리며 지켜보던 선배 무리가 킥킥댔다. 야, 가자! 무리는 수현과 나를 그대로 세워 두고는 휙 가 버렸다. 선배들은 후배들의 복도를 걷는 것만으로도 한껏 우쭐해지는 모양이다. 흘끗거리는 후배들의 시선을 의식하며, 괜히 큰 소리로 떠들면서 사라지는 그 뒷모습이 멍청해 보였다.

"사진을 너무 잘 찍었나 봐. 사진 보고 혹해서 오긴 하는데, 키울 생각들이 있는 건지 없는 건지."

수현이 한숨을 내쉬었다.

"근데 1학년은 왜 한 명도 없지? 홍보가 덜 됐나?"

"걔들은 어차피 못 와. 선배 교실에 어떻게 찾아오겠어."

"그런 게 어딨어? 용건 있음 오는 거지."

수현은 진심으로 이해할 수 없다는 표정이었다.

"그냥 너희 동네 커뮤니티나 반려묘 카페에서 찾는 게 나을 것 같아."

"할 수 있는 건 다 해 봐야지!"

수현의 눈이 반짝였다. 쉬는 시간마다 낯선 선배들이 문 앞을 서성이며 수현을 불러 대는 통에, 교실 분위기는 조금 싸늘했다. 수현과 매점에 갔더니 입양 계약서 얘기에 한껏 비웃고 갔던 3학년 무리가 우리를 뚫어지게 봤다. 하지만 수현은 전혀 신경 쓰지 않는 듯했다. 온종일 함께 지내는 반 아이들이, 제대로 대화를 나눠 본 적 없는 선배들이 자기를 어떤 눈빛으로 바라보는지.

하지만 나는, 신경 쓰인다. 알고 있다. 수현은 그냥 자기가 구조한 새끼 고양이를 책임지고 잘 보살펴 줄 사람을 찾고 싶은 것뿐이다. 고등학생이 할 수 있는 최선의 방법들로. 이게 정말 눈총을 받을 만한 일일까? 다른 사람들에게 피해를 주기라도 하는 걸까?

나는 수현이 잘못된 일을 한다고는 생각하지 않는다. 하지만 수현의 옆에 있다 보면 자꾸만 아이들의 눈치를 살피게 되고 불편해진다. 정작 수현은 아무렇지도 않은데, 눈치를 보는 내가 이상한 걸까? 학교처럼 가지각색 사람들이 모여 지내는 곳에선, 서로 조금씩은 눈치를 보고 맞춰 주는 게 필요하지 않나?

"그래도 정수현이랑 다니면 재밌지 않아?"

은오가 발을 세게 굴렀다. 그네가 높이 올라갔다. 늦은 밤이라 놀이터에는 그네를 타는 은오와 나 말고 다른 사람은 없었다.

"별로? 잘 모르겠는데."

"어쨌든, 사과주스 계획이 고양이 전단지에 묻힌 거구먼. 내일 학교 가면 정수현한테 말해 봐. 자기 일처럼 나설걸."

은오는 재밌다는 듯 말했다. 수현과 은오는 1학년 때 같은 반이었다. 내가 은오네 반에 가면 수현이 은오를 보러 왔냐며 먼저 알은체를 하기도 했다. 두 사람이 학교에서 같이 다니는 모습을 본 적은 없다. 둘이 친한 사이일 거라고는 생각하지 않았는데, 은오가 자퇴한 다음 날 수현이 나에게 같이 급식을 먹으러 가자고 했다. 마치 그렇게 하기로 약속되어 있던 것처럼. 둘에게 물은 적은 없지만, 난 은오가 수현에게 나를 부탁했을 거라고 짐작했다.

그런데도 은오는 정말 모르는 걸까? 수현과 나는 다른 점이 많다는걸.

"애들이 수현이보고 관종이라는 거 알아?"

"알지. 정수현도 알걸?"

"이번엔 새로운 별명도 생겼어. '에어컨 빌런'이래."

"그건 뭐야?"

"교실을 나갈 때 에어컨을 계속 끄거든. 밖에서 체육 수업하고 왔을 때, 교실에 짱짱하게 에어컨이 돌아가고 있으면 다들 엄청 좋아하잖아. 근데 그걸 못 하게 하니까."

사실 교실에 사람이 없으면 냉방을 꺼야 하는 건 너무나도 당연하다. 하지만 그걸 아무도 지키지 않아서, 수현이 유난하고 이상한 사람처럼 보였다.

"물론 잘못은 아니지만, 굳이 나서서 안 해도 되는 일들이잖아. 왜 자꾸 그런 행동을 하는 거지?"

나는 그동안 수현이 답답했던 걸까? 말을 멈추고선 은오의 표정을 살폈다. 그런가, 하는 듯한 얼굴이었다.

"그런 애들은 그게 장점이자 단점 아닐까? 남들이 뭐라든, 뭘 기대하든 절대 거기 맞춰서 바뀌진 않는다는 거."

"……."

"어쩔 수 없지. 그냥 같이 즐겨."

은오가 씩 웃으며 덧붙였다.

"암튼 나는 김유진 네 편이야."

“내가 수현이 험담하는 걸로 들렸겠다.”

“아냐, 그렇게 안 들었어.”

개의치 말라는 듯 은오는 웃어 보였다. 우리는 그네를 조금 더 타다가 헤어졌다.

잠들기 전, 은오와의 대화를 곱씹다가 문득 생각했다. 은오가 말한 ‘그런 애들.’ 거리를 둔 것 같은 말이지만 실은 은오 자신도 ‘그런 애들’에 더 가깝지 않을까? 학교를 나간 것은 은오인데, 나야말로 갑자기 은오와 수현의 테두리 밖으로 밀려나 버린 기분이었다. 은오는 아무렇지 않게 수현을 이해하는데, 정작 학교에서 내내 붙어 다니는 나는 왜 그게 쉽지 않은 걸까?

5 치커리

허락받은 이틀이 지났지만, 수현은 전단지를 수거하지 않았다. 선생님도 까먹었을지도 몰라, 하면서 내심 기대하던 수현은 결국 교무실로 불려 갔다.

"선생님이 뭐래?"

"오늘 안에 다 떼래. 아니면 벌점 준다고. 벌점 따위 무서워할 줄 알고."

"그냥 떼자. 어차피 이제 찾아오는 사람도 없잖아."

"쌤이 뭐라는 줄 알아? 내일모레 고3 될 애가 지금 이런 거 할 때냐고, 중요하지도 않은 일에 시간 쓰지 말래. 그걸 왜 자기가 정하지? 이게 중요한지 아닌지."

고양이에게 좋은 보호자를 찾아 주는 것도 중요하지만, 학생의 본분은 공부를 열심히 하는 거잖아. 선생님 말뜻은 그게 아니었을까? 수현에게 그렇게 묻고 싶었지만, 하지 않는 게 나을 것 같았다. 우리가 지금 해야 하는 일들의 우선순위를 매기자면……. 수현과 나의 목록은 너무나도 다를 게 분명했다. 그리고 아마, 은오와 나의 목록도 달라지지 않았을까.

오늘 점심은 흑미밥, 순두부찌개 그리고 매운 갈비찜이었다. 수현과 나는 얼른 식사를 끝냈다. 양치까지 하고 돌아왔는데도 교실은 비어 있었다.

"구역 나눠서 뗄까?"

나는 머릿속으로 어떤 동선이 가장 효율적일지 재빠르게 그려 보았다. 내 말에 수현이 고개를 저었다.

"뭘 그렇게까지. 지금 다 못 하면 청소 시간에 마저 하면 돼. 쉬엄쉬엄, 대충 해."

"그럼 1층 게시판부터 돌자."

수현이 아쉬움 가득한 한숨을 내쉬었다. 어차피 해야 하는 일이고, 하기로 마음먹었으면 빨리 해치우는 게 낫지 않을까? 그렇게 수현을 재촉하려다 말았다. 대신 괜히 뭉그적

거리는 수현의 손을 이끌고 교실 문을 열었다. 문밖에 누군가가 서 있었다. 도시락통을 든 최희원이었다.

"야, 너도 우리 좀 도와."

수현은 최희원과 친한 사이라도 되는 양, 뻔뻔하게 말했다. 지금 내 앞에 서 있는 게 최희원 맞지……? 음료수를 얻어먹은 날보다 더 가까운 것 같은데?

"그래."

"오! 일손 득템!"

수현이 신난다는 듯 내 손을 잡고 흔들었다. 최희원은 나와 수현을 뒤따랐다. 계단을 내려가는 내내, 나는 한 마디도 하지 못했다.

"나는 교무실 게시판에 붙인 것부터 떼고 올게. 거기가 제일 급해."

수현은 갑자기 의욕이 넘치는 듯한 모습이었다.

"1층부터 돌고 같이 가."

"아냐, 아냐!"

수현은 손을 내저으며 다시 계단을 뛰어 올라갔다. 오전에 교무실에 불려 가 혼난 일은 벌써 잊어버린 걸까? 타닥타닥, 수현이 계단을 오르는 소리는 그저 경쾌했다. 사라지는 뒷모습을 보며 나는 울고만 싶어졌다.

"……."

"……."

텅 빈 복도에 최희원과 둘만 있게 되다니.

"……."

"근데 뭘 하는 건데?"

최희원이 물었다. 몇 달을 미루고 고대한 최희원과의 첫 대화가 고작 이런 거라니.

"게시판에 붙인…… 전단지를…… 수거하는 거야."

아아, 최희원이 고개를 끄덕였다. 나 방금 되게 어색해 보였겠지? 아무래도 망했어. 나는 조금 절망스러운 기분으로 먼저 발걸음을 옮겼다. 최희원은 말없이 나를 따랐다. 중앙 현관 쪽, 보건실 앞, 남자 화장실 옆 벽. 그렇게 세 군데에서 전단지를 떼는 동안 우리는 아무 말도 하지 않았다.

그 후로 2층, 3층까지 돌았지만 수현이 먼저 다녀갔는지 게시판은 이미 비어 있었다. 온 학교를 돌아다니니 점점 숨이 찼다. 이 숨소리를 최희원이 고스란히 듣게 둘 수는 없었다. 나는 머릿속에 떠오르는 대로 말했다.

"저기, 목마르지 않아?"

"조금."

"음료수 마실래?"

내가 무슨 말을 한 거지? 나는 대답도 듣지 않고 계단을 내려갔다. 다행히 최희원이 나를 따라왔다. 별관 앞 자판기에 다다라서야, 나는 주머니에 돈이 없다는 사실을 깨달았다.

내가 자판기 앞에 굳은 듯 서 있자, 멀뚱히 바라보던 최희원이 자판기에 천 원짜리 지폐 두 장을 넣었다.

“미안…….”

“뭐 마실래?”

“나는 포카리.”

최희원이 이온음료 두 개를 뽑았다. 오늘은 오렌지주스가 아니구나. 최희원도 목이 마르긴 했나 보다.

이대로 교실에 돌아가긴 싫었다. 그러면 나는 또 최희원을 힐끔대기만 할 테니까. 나는 수현이 나에게 빙의했다는 상상을 하며, 온 용기를 끌어모았다.

“마시고 갈래?”

“그래.”

우리는 운동장 스탠드에 앉았다. 운동장에선 3학년 선배들이 족구를 하고 있었다. 아니, 미친, 이쪽이라고! 간간이 험악한 말들이 들려왔다. 최희원도 친구들이랑 있을 때, 아니면 속으로라도 저런 말을 쓸까?

무슨 애기를 해야 하지? 저 멀리 교실 창문 너머에서, 모두가 나와 최희원을 구경하고 있을 것만 같았다. 물론 말도 안 되는 일이지만.

최희원이 말없이 전단지를 내밀었다.

"아, 도와줘서 고마워."

"데려갈 사람은 구했어?"

"아니."

"너도 실제로 봤어?"

"아니."

"어디 있는데?"

"수현이네 집."

툭툭 끊어지는 것 같으면서도 계속 이어지는, 이상하게 자연스러운 대화였다. 어쩌면 말이 잘 통하는 사이가 될지도? 심장이 콩콩 뛰었다. 나는 음료수를 한 모금, 아니 반 모금만 살짝 마셨다.

최희원은 전단지 속 삼순이를 물끄러미 보았다.

"우리 집에 가끔 오는 애랑 비슷하네. 걔는 더 크지만."

"이름 뭔데?"

"이름은 없어."

그럼 지어 주자, 삼식이 어때? 그 말을 할까 말까 고민하는데 최희원이 말했다.

"원래 고양이 털 알레르기 심했는데. 걔는 만져도 아무렇지도 않았어."

"그래? 신기하다."

"근데 다른 알레르기가 생겼어. 걔가 준 것 같아."

"걔?"

"우리 집에 가끔 오는 그 고양이."

최희원은 세상 진지해 보였다. 고양이가 알레르기를 옮길 수 있다고 믿는 사람처럼. 진심이래도 이상하고, 농담이래도 전혀 웃기지 않았다. 이걸 어떻게 받아 줘야 하지?

"무슨 알레르기인데?"

"고기를 못 먹어."

"아아."

나는 습관처럼 고개를 끄덕이고 나서야, 방금 최희원이 꽤 중요한 말을 털어놓았다는 걸 알았다.

"그래서 급식 안 먹는 거야?"

"응."

"……그게 고양이랑 무슨 상관이야?"

"고양이 털 알레르기가 없어지면서 고기를 못 먹게 됐으니까."

순식간에 너무 많은 정보를 알게 되어 혼란스러웠다. 중학생 때, 같은 반에 밀가루를 먹으면 두드러기가 나는 아이가 있었다. 그런 것처럼, 고기를 못 먹는 사람도 있는 거다. 좋아하는 상대가 고기를 먹지 못한다는 사실이 나에게 미치는 영향은……. 기껏해야 같이 햄버거나 불고기피자, 치킨 같은 음식을 먹으러 못 간다는 거? 그렇게 생각하니 별일 아닌 것 같았다.

나는 내 주위에 고기를 먹지 못하는 사람이 또 있는지 떠올려 보았다. 물론 없었다. 땅콩이나 새우도 아니고 고기 알레르기라니……. 그런 게 있을 거라고는 상상도 해 본 적 없었다. 고기 알레르기가 있다면 생수 알레르기도 있고, 현미 알레르기도 있고, 뭐 그런 건가?

"못 먹는 음식 있어?"

최희원이 물었다. 얘가 나를 궁금해하다니. 심장이 또 미친 듯 뛰었다.

"딱히 그런 건 없어."

"다행이네."

다행? 좋겠다, 부럽다도 아니고 다행이라고? 왜? 나한테 다행인 일이 자기한테도 그렇다는 말처럼 들리잖아! 가슴이 너무 뛰어서, 나는 묻지 않을 수 없었다.

"근데 이 얘기, 다른 사람한테도 한 적 있어?"

"아니."

"그럼 이거 비밀이야?"

최희원이 고개를 저었다. 근데 왜 저번에 수현이 물었을 때는 "그냥."이라고 둘러댄 거지?

"그럼 고양이 얘기만 비밀로 하자."

"왜?"

"그냥. 왠지 미스터리 하잖아."

나는 덤덤한 척 말했다. 최희원의 반응이 기대되었다.

"그래."

최희원이 멀뚱한 표정으로 고개를 끄덕였다. 누가 들어도 방금 내 말은 헛소리였는데, "그래."라니!

우리는 교실로 돌아왔다. 정말 최희원과 나 사이에 비밀이 생긴 걸까? 최희원은 수현이 물었을 때는 하지 않았던 이야기도 하고, 내 헛소리도 진지하게 받아 주었다. 이 정도면 꽤 성공적인 첫 대화 아닐까?

"데이트는 잘했어?"

수현이 다가오더니 비밀스럽게 물었다. 수현의 치마 주머니엔 돌돌 만 전단지 뭉치가 길게 튀어나와 있었다.

"재 좀 엉뚱해."

나는 소리를 낮춰 말했다.

"그걸 이제 알았어?"

수현이 핀잔주듯 물었다. 만만치 않게 유별난 수현의 눈에도 최희원이 독특하게 보이는 모양이었다.

"혹시 물어봤어? 급식 왜 안 먹냐고."

"고기를 못 먹는대."

"으잉? 왜?"

"알레르기 때문에."

"허어, 급식을 안 먹는 게 아니라 못 먹는 거였군."

수현의 눈썹 끝이 처졌다. 나에게 가끔 인터넷에 올라온 유기 동물 사진을 보여 줄 때나 짓는 표정이었다. 수현이 사람에게 저런 표정을 짓는 건 처음 보았다.

최희원의 자리를 몰래 돌아보았다. 비어 있었다. 그새 어딜 간 거지?

나는 처음 최희원을 돌아보게 된 날을 떠올렸다. 지난봄, 나는 복도와 가장 가까운 줄에 있었고 최희원은 지금 자리에서 두 칸 앞에 앉아 있었다. 담임의 수업 시간이었다. 열린 창문으로 나비가 날아들었다. 새하얗고 작은 날개를 보면서 나는 벚꽃잎인가, 생각했다. 팔랑거리는 날갯짓을 늦추며 나비가 최희원의 책상 끝에 앉았다. 최희원은 미동 없이,

나비가 천천히 날개를 젓는 모습을 지켜보기만 했다. 나비를 보고 놀라지도, 나비를 놀라게 하지도 않고, 그저 가만히 기다려 주었다. 나는 숨을 죽인 채 그 모습을 지켜보았다. 그 순간만큼은 늘 나를 숨 가쁘게 쫓아오는 것만 같은 시간도 덩달아 고요해진 듯했다.

아마 오늘 일도 그때처럼 선명한 기억으로 남지 않을까. 스탠드 위로 비치던 햇살, 운동장에서 누군가 공을 뻥 차올리던 소리, 알레르기와 고양이의 말도 안 되는 상관관계를 설명하던 진지하고 차분한 눈빛까지.

자꾸 픽픽 웃음이 났다. 어쩌면 최희원은 내가 예상하던 것보다 훨씬 더 엉뚱한 아이일지도 모른다. 하지만 그게, 하나도 실망스럽지 않았다.

6 방울토마토

교실 뒤 게시판에 새로운 정보가 붙으면 가장 먼저 가서 확인하지만, 식단표를 유심히 본 적은 없었다. 매일 지나치기만 하던 식단표를 오늘 처음으로 자세히 들여다보았다. 이름만 보아도 어떤 맛일지 대충 그려지는 익숙하고 고만고만한 메뉴들 사이, 오늘 메뉴인 돈마호크스테이크가 눈에 들어왔다.

"다들 특식이 어쩌고 하더니 이것 때문이군."

언제 다가왔는지도 모를 수현이 혀를 끌끌 찼다.

"너, 스테이크 좋아해?"

내가 물었다.

"별로?"

"그럼 우리 오늘은 매점 갈래?"

"매점? 오케이!"

수현은 이유도 묻지 않고 흔쾌히 답했다. 급식 시간, 종이 치자마자 매점으로 온 수현과 나는 샌드위치를 하나씩 사서 자리를 잡고 앉았다. 매점에서 파는 단호박샌드위치는 전부터 인기가 많았다.

"어이! 여기!"

맞은편에 앉은 수현이 갑자기 손을 흔들었다. 뒤를 돌아보자, 최희원이 멀건 얼굴로 다가오고 있었다. 뭐 묻은 건 아니겠지? 나는 서둘러 입가를 닦았다.

수현이 테이블 아래에서 다리를 뻗었다. 마치 여기 앉으라는 양, 내 옆 의자가 툭 삐져나왔다. 하지만 최희원은 못 본 모양인지 눈인사만 건네곤 우리 옆 테이블로 가 버렸다.

"칫. 같은 반끼리 낯가리긴."

"조용히 해."

나는 수현에게 눈치를 주었다. 샌드위치를 먹으면서, 수현은 어릴 때 단호박과 애호박을 헷갈렸다는 얘기를 한참 늘어놓았다. 귀로는 수현의 얘기를 들으면서도 자꾸만 최희원에게 신경이 쓰였다. 매일 도시락을 먹는 줄은 알았지만, 어디서 먹는지 알아볼 생각은 하지 못했다. 누구의 방해도 받지 않고 피해도 주지 않으면서 조용히 도시락을 먹는 모습만 상상했다. 사실 학교 안에 그런 곳이 있을 리가 없는데도 그랬다.

최희원은 묵묵히 도시락을 먹었다. 휴대폰을 꺼내서 본다거나 주변을 괜히 두리번거리지도 않고, 그저 밥을 먹는 데만 집중하는 것처럼 보였다. 꼿꼿하고 단정한 자세로 앉아 아주 느긋하게. 아무에게도 들키지 않을 수 있다면, 나는 그 모습만 내내 구경할 수도 있을 것 같았다. 좋아하는 사람이 먹는 모습을 보는 건 이런 기분이구나. 왜 저 모습을 매일, 급식실에서 볼 수 없는 거지?

교실에 돌아온 뒤에도 같은 의문이 맴돌았다.

"고기를 못 먹으면 정말 급식을 못 먹는 걸까?"

"흐음. 있어 봐."

수현이 휴대폰 카메라로 식단표를 찍어 왔다. 그리고 편집 앱을 켜서 사진 위에 색칠을 했다. 닭고기는 노랑, 소는 연두, 돼지는 분홍이었다. 아무 색깔도 칠해지지 않는 날은 없었다.

최희원은 정말 급식을 안 먹는 게 아니라 못 먹는 거구나. 울컥, 억울한 마음이 들었다.

"우리도 가끔 도시락 싸 올까?"

별 기대 없이 툭 뱉은 말인데, 수현이 냉큼 답했다.

"좋아!"

"정말 괜찮아?"

"흐음. 탄소 발자국이 큰 것부터 시도해 보자."

탄소 발자국? 갑자기? 탄소 발자국, 온실 가스 배출량, 기후 위기 같은 건 책이나 뉴스에서 들어 본 말들이다. 그걸 일상에서 실제로 말하는 사람을 보다니. 어쩐지 너무 거창하게 느껴졌다.

"난 그런 의도로 말한 게 아니라……."

"의도가 뭐 중요해? 난 다 좋아! 일단 연두랑 분홍은 제치고, 노랑만 취한다."

"잠깐만. 닭고기만 먹겠다, 이 뜻이야?"

수현이 묘한 미소를 지으며 고개를 끄덕였다.

"닭고기는 왜 먹어?"

무슨 특별한 이유라도 있나? 방금 말한 탄소 발자국 기준인가?

"간장찜닭이 내 최애 반찬이거든. 헤어지려면 마음의 준비가 필요해."

돌아온 대답이 너무 허무해서 나는 고개를 돌렸다. 교실은 특식을 먹고 신난 아이들로 시끌시끌했다. 그 사이에서 최희원은 책을 읽고 있었다. 마치 혼자만 다른 세계에 동떨어져 있는 듯했다.

"좋아. 내일부터 시작해."

"오케이!"

오늘 급식 메뉴는 흑미밥, 소고기미역국, 돼지갈비찜, 건취나물볶음이다. 무려 연두와 분홍이 겹치는 날. 어제 약속한 대로 나는 우리 집 반찬을, 수현은 꽁꽁 얼린 밥을 가지고 매점으로 향했다. 전자레인지에서 밥을 데우는 사이, 최희원이 한쪽에 자리를 잡고 앉았다.

우리는 최희원이 앉은 쪽으로 향했다. 나는 숨을 크게 들이마셨다.

"안녕."

최대한 수줍지 않은 척 인사했다고 만족했지만, 생각해보니 내내 같은 교실에 있다가 갑자기 인사를 건넨 꼴이었다. 최희원이 고개를 끄덕였다. 옆에 앉아도 된다는 뜻이겠지? 수현이 먼저 최희원의 대각선 자리에 앉았다. 마주 보는 자리는 나에게 양보하겠다는 듯, 뿌듯해하는 얼굴이었다. 앞에 누가 앉든 말든, 별로 신경도 안 쓰는 듯한 최희원을 앞에 두고 나도 식사를 시작했다.

"으흠!"

수현이 눈치를 주듯 목을 가다듬었다. 오면서 속으로 연습한 대사를 꺼낼 때였다.

"우리도 앞으로 도시락 먹을 거야."

최희원과 눈이 마주쳤다.

"……같이 먹어도 되지?"

나는 조심스레 덧붙였다.

"응."

최희원이 나를 똑똑히 보고 대답했다. 심장이 밖으로 튀어나올 것만 같았다. 아니! 나랑 수현이 어떤 애들인 줄 알고? 무슨 이유로 도시락을 먹는 줄 알고 같이 먹어도 된다는 거지? 왜 저렇게 아무렇지 않은 얼굴로 허락하는 거냐고? 이거 완전 '유죄 인간' 아냐? 자꾸만 벅차오르는 마음을 애써 진정시키는데, 옆에서 수현이 말했다.

"야, 방토 먹어도 돼?"

최희원이 방울토마토가 담긴 통을 우리 쪽으로 밀었다. 나는 조심스레 하나 집어 먹었다. 내가 태어나서 본 방울토마토 중에 제일 맨들맨들 예쁘게 생긴 토마토였다.

다음 날 식단을 상의하는 일은 나와 수현의 일과가 되었다. 오늘도 도시락을 들고 매점으로 향했다. 이제는 묻지도 않고 최희원의 맞은편에 앉는다.

도시락을 거의 다 먹었을 때쯤, 수현은 어젯밤에 꾼 꿈 얘기를 하기 시작했다. 공상과학 영화에나 나올 법한 스토리였다.

"그런데 갑자기 얼굴이 김제욱으로 바뀌어 있는 거야. 와, 대박. 깼는데도 계속 생각나더라. 잘생긴 줄은 알았는데 그 정도인 줄은 몰랐어."

흥분한 수현의 목소리가 커졌다.

"자기 전에 김제욱 본 거 아냐? 요즘에 드라마 나오잖아."

"아니라니까."

"분명 폰 하다가 봤을 거야. 네가 의식하지 못한 사이에."

꿈은 현실에서 경험한 이미지가 이리저리 뒤섞여 나오는 거라고, 어느 책에서 보았다. 방금 나 좀 똑똑해 보이지 않았을까? 하지만 최희원은 우리의 대화가 들리지 않는 것처럼, 멍한 눈으로 창문 밖을 바라보고 있었다.

"넌 자주 꾸는 꿈 없어?"

내 말에, 그제야 최희원이 고개를 돌렸다.

"너는 꿈에서 셜록 놀이 하는 거 아냐?"

수현이 크큭 웃었다.

"꿈 내용을 잘 기억하려면 매일 꿈 일기를 쓰는 게 좋아."

최희원이 말했다. 아주 진지한 얼굴이었다.

"그냥 일기도 안 쓰는데, 그런 걸 진짜 하는 사람이 어딨어?"

내가 하고 싶은 말이었다. 수현의 말에 공감하게 될 때도 있다니.

"우리 어머니가 알려 준 건데."

"아, 미안."

수현이 재빠르게 사과했다. 최희원이 괜찮다는 듯 고개를 끄덕였다.

"그럼 너도 써?"

내가 조심스레 물었다.

"응."

"오호, 다음에 보여 줘."

수현의 말에 최희원의 미간이 움찔했다. 이렇게 마주 앉아 도시락을 먹으며 알게 된 사실이 하나 있다. 표정이라고는 없는 것 같은 최희원이지만, 아주 자세히 보면 얼굴에 감정이 다 드러난다. 수현이 더 눈치 없이 굴기 전에 내가 끼어들었다.

"근데 꿈을 왜 기억하려는 거야?"

"무의식을 알 수 있으니까."

"무의식?"

"자기 자신을 잘 알려면 무의식을 알아야 해."

최희원은 시종일관 진지해 보였다. 자기 자신을 알려면? 내가 어떤 사람인지는 다들 이미 알고 있는 거 아닌가? 더 묻고 싶었지만, 내가 말이 통하지 않는 아이처럼 보일까 봐 입을 다물었다.

나는 새로 알게 된 사실들을 머릿속으로 정리해 보았다.

1. 최희원은 연예인에 관심이 없다. 아까 김제욱 얘기를 할 때, 그게 배우인지 우리 학교 남자앤지 모르는 듯한 눈치였다.
2. 최희원은 뭔가 마음에 안 들면 눈썹에서 티가 난다.
3. 추리소설 덕후인 최희원은 꿈에서 탐정이 될지도 모른다. (너무 귀엽다!)
4. 최희원은 꿈의 내용을 기록한다. 자기 무의식에 무엇이 있는지 알기 위해서.
5. 최희원은 엄마를 '어머니'라고 부른다. 하긴, 나라도 매일 정성스러운 도시락을 싸 주는 엄마는 온 마음을 다해

존경할 거다.

세 번째는 아직 검증되지 않은 내 추측이지만 네 번째와 다섯 번째는 중요한 사실이라는 생각이 들었다. 최희원은 도대체 어떤 아이일까?

다음 교시는 선택과목 이동수업이었다. 한국지리 수업을 듣는 3반 교실에 도착했다. 나는 늘 앉는 맨 앞자리에 앉았다.

"먹을래?"

반장이 다가와 초콜릿을 내밀었다. 반장은 가끔 이렇게 아이들에게 간식을 잘 나눠 준다. 나는 고맙다는 눈인사를 하고 초콜릿을 받아 들었다. 자연스레 같은 수업을 듣는 우리 반 아이들이 와서 근처에 둘러앉았다.

수다가 시작됐다. 이번 수행평가부터 요즘 듣는 인강까지, 대화는 막힘없이 흘러갔다. 모두가 궁금해하고 몰두하는 주제들이었다.

"반장, 기출 문제집 어떤 거 풀어?"

아이들의 시선이 반장에게 향했다. 반장이 휴대폰을 꺼내 만지더니 화면을 들어 보였다.

"이거 괜찮아."

온라인 서점에서 검색한 문제집 표지였다. 아이들이 오오, 하면서 모여들었다. 반장은 우리 반 1등이니까. 모두가 반장을 궁금해하고, 또 따라 하려고 했다.

"너희 둘 다 탑클래스 다니지? 분위기 어때?"

누군가 물었다. 반장과 나는 바로 옆 아파트에 살고, 같은 학원에 다닌다. 친한 사이는 아니지만, 따지고 보면 집 밖에서는 온종일 같이 있는 셈이었다.

"거기 벌점제 엄청 빡세다던데."

"응. 그래서 수업 분위기는 좋아. 쌤들도 다 괜찮고."

내 말에 아이들은 솔깃한 표정을 지었다. 그것도 잠시, 대화 주제는 순식간에 바뀌었다.

"근데 너희 이거 봤어?"

"봤지. 주말에 밤새 몰아서 봤잖아."

"시즌 2 언제 나와?"

"내년에 나온다던데?"

"헉. 너무한 거 아님?"

요즘 OTT 사이트에서 유행하는 드라마인 모양이었다. 나도 가족 아이디를 같이 쓰지만, 뭘 볼까 고민하는 시간이 아까워서 잘 들어가지 않는다.

"유진이 너도 봤어?"

"아니. 근데 스토리는 대강 다 알아. SNS에 하도 뜨길래."

"반장은?"

"나도 아직."

"뭐야? 안 본 사람이랑은 겸상 안 해."

세희의 농담에 다들 즐겁다는 듯 웃었다. 나도 덩달아 웃었다. 방금 대화에 나도 낄 수 있었다는 것에 묘한 안도감이 들었다. 사실 누구와도 할 수 있는 대화였다. 특별한 의견이나 감정을 들이지 않고도 쉽게 한마디 보태고, 돌아서면 금방 잊어버릴 얘기들.

수현과 최희원이 이 자리에 있었다면, 대화에 낄 수 있었을까? 여기 있는 아이들은 수현과 최희원이 하는 얘기에, 그러니까 수현이 전날 밤에 꾼 꿈이나 최희원이 읽는 소설책 얘기에도 재밌어하고 귀를 기울여 줄까?

수업을 마치고, 교실을 나서자 반장이 서 있었다.

"뭐 해? 안 가?"

반장은 할 말이라도 있는 듯, 나를 가만히 보다 물었다.

"너희 왜 급식 안 먹어?"

추궁하는 것도 아니고, 걱정하는 것도 아니고, 그렇다고 딱히 궁금해하는 표정도 아니었다. 왜 물어보는 거지? 반장이라는 의무감 때문에?

"너, 걔랑 친했어?"

걔? 수현과 최희원 중 누구를 말하는지 헷갈렸다.

"걔가 누군데?"

반장은 내 질문에 바로 대답하지 않았다.

"혹시 담임이 뭐라고 해? 급식 안 먹는다고?"

생각해 보면 반장이 물어볼 만한 이유는 이것뿐이다. 반에서 급식을 안 먹는 아이가 하나였는데 이제 셋이나 되니까, 선생님에겐 당연히 신경 쓰이는 일 아닐까. 1학년 때 담임 선생님도 반 아이들에게 직접 묻기 난처한 것들을 반장을 통해 알아내려고 했었다.

"왜 그러지? 급식을 안 먹는 게 잘못은 아니잖아."

심지어 안 먹는 게 아니라, 못 먹는 건데도? 조금 억울해졌다. 처음 겪는 일이었다. 선생님들의 걱정거리가 되는 것. 내가 왜 이런 기분을 느껴야 하지?

"담임이 물은 거 아냐."

"그럼 왜 물어봐?"

"그냥 궁금해서."

그렇게 말하고 반장은 무심한 얼굴로 먼저 발걸음을 옮겼다. '그냥'과 '궁금해서'라는 말이 붙어 있으니 어색하게만 느껴졌다. 별로 친하지도 않은 남의 일이 왜 궁금한데?

7 고구마

영어 시간. 숙제를 해 오지 않은 사람은 셋뿐이었다. 그리고 그중 두 명이, 하필 나와 같이 밥을 먹는 두 사람이다.

"쉬는 시간에 했어도 다 했겠다. 이건 하려는 의지가 없는 거지."

꾸지람을 듣는 수현의 얼굴에는 반성의 기색이라고는 찾아볼 수 없었다. 지금 딴생각 중인지도 모른다.

힐끗 돌아본 최희원의 얼굴도 비슷했다. 당황스러움, 창피함, 그딴 건 하나도 찾아볼 수 없는 눈빛으로 최희원은 칠판 위 어딘가를 응시하고 있었다.

수업이 끝났다. 이제 다른 아이들은 최희원이 숙제를 했는지 안 했는지 말끔히 잊어버리겠지만, 나는 그럴 수가 없었다.

"숙제 있는 줄 몰랐어?"

"깜빡했어."

최희원은 별일 아니라는 듯 무심한 얼굴이었다. 아, 중학생 때는 매사에 완벽하고 자기 할 일을 알아서 잘하는 사람이 내 이상형이었는데…….

"나도 어제 단톡방 공지 아니었으면 깜빡하고 못 했을 거야. 애들 다 그럴걸."

최희원은 고개만 끄덕일 뿐이었다. 지금이야말로 전부터 궁금해하던 걸 물을 때다.

"넌 왜 우리 반 단톡방에 없어? 반장이 학기 초에 다 초대했을 텐데."

"나 휴대폰 없어."

"뭐?"

쉬는 시간에 휴대폰을 보지 않는다는 사실은 알았지만, 정말 휴대폰이 없을 줄이야.

"왜 없어?"

"필요가 없어서. 몸에 안 좋기도 하고. 고기 못 먹는 거랑 비슷해."

그럼 휴대폰 알레르기라도 있다는 거야? 말이 안 되는 소리였다. 사실은 자기 전화번호를 알려 주기 싫은 거 아닐까. 갑자기 온몸에 힘이 빠지는 듯했다. 공부에 방해된다며 2G 폰을 쓰거나 휴대폰을 정지하는 아이들도 있긴 했다. 휴대폰이 정말 없을 수도 있지만, 그 이유가 너무 납득하기 어려웠다.

"없으면 안 불편해? 사실 단톡방에도 너만 없어. 거기서 이런저런 얘기 많이 하거든. 숙제 같은 것도 공유하고……."

갈수록 목소리가 작아졌다. 이 말은 하지 말걸. 아니, 애초에 최희원한테 휴대폰 얘기를 꺼내지 말걸. 전화번호를 물어보려던 것처럼 보였으면 어쩌지? 도시락을 몇 번 같이 먹었다고 내가 너무 용감해졌나 보다.

그때 최희원이 말했다.

"네가 알려 주면 되잖아."

"뭐?"

"네가 보고 나한테 알려 줘."

내가? 어떻게?

너무 놀라서 대답할 수 없었다.

네가, 나한테, 알려 줘,라니! 드라마에나 나올 법한 대사 아닌가? 보통은 이렇게 남주와 여주의 서사가 시작되지 않나? 저런 말을 아무 뜻도 없다는 해맑은 눈으로 하다니. 최희원은 내가 자기를 좋아하는 줄 모르는 게 분명하다.

은오야

어떡하지???

나 교실 뛰쳐나가고 싶어!!!

앞뒤 없는 메시지에 놀란 은오와 늦은 저녁 아이스크림 가게에서 만났다. 내내 흥미롭게 듣던 은오는 최희원에게 폰이 없다는 말에 나를 다독였다.

"김유진, 괜찮아. 폰이 없어도 썸은 탈 수 있어."

"누가 썸 타고 싶대?"

은오가 흐흐흐, 이상한 소리를 내며 웃었다.

"근데 폰 없으면 진짜 불편하지 않을까?"

언젠가부터 반장은 공지 사항을 교실에서 직접 말하기보다 단톡방에 올리는 때가 더 많았다. 학교뿐만이 아니다. 만약 아까 은오에게 메시지를 못 보냈더라면 오늘 난 마음이 뻥 터져 버렸을지도 모른다.

"옛날에는 폰 없이도 잘만 살았을 텐데 뭐. 우리 부모님 세

대만 해도 젊었을 때 스마트폰 없었던 거잖아. 폰 없으면 가뿐하지 않을까? 성가신 일 생길 걱정도 없고."

"……."

이상하게 은오의 말이 콕콕 박혔다. '성가신 일'이라니.

"걔는 어느 동네 살아?"

"……몰라."

"따로 연락도 못 하고. 사는 데라도 가까워야 할 텐데."

나는 기억을 더듬어 보았다. 등굣길에 최희원과 우연히라도 마주친 적 없으니 걸어서 오는지, 버스에서 내리는지, 알 길이 없었다. 아직도 최희원에 대해 모르는 것이 너무 많다.

"근데 난 그런 거 좋아. 아날로그 감성."

은오가 말했다.

"뭐?"

"생일에도 폰으로 쿠폰 훅 보내는 게 아니라 직접 고민해서 고른 선물이랑 손 편지 주는 그런 감성 있잖아."

"알겠어. 다음 생일에 편지 써 줄게."

"꼭 손으로 써야 한다. 카드는 안 돼. 편지지 두 장 이상."

"지금부터 미리 조금씩 써 놔야겠네."

"아주 좋아."

내 농담에 은오가 맞장구쳤다. 겉으로는 웃어 보였지만,

실은 조금 묘한 기분이 들었다. 나도 은오가 자퇴하기 전에는, 시험 기간이 되면 은오에게 비타민 음료나 초콜릿 쿠폰 같은 것들을 자주 보냈다. 은오에겐 그런 게 별로 중요하지도, 반갑지도 않았을까?

대화창에서 주고받는 말, 사진, 선물. 프로필 사진과 상태 메시지. 오프라인 못지않게 온라인으로만 표현하고 공유할 수 있는 것들이 많다. 은오와 내가 그런 것들 없이도 이만큼 친해질 수 있었을까? 아마 은오는 가능하다고 말하겠지만, 나는 잘 그려지지 않았다. 지금의 수현과 나처럼, 학교에서만 같이 다니는 사이에 그치지 않았을까? 최희원의 말 한마디에 오후 내내 들떴던 마음이 소리 없이 가라앉는 것만 같았다. 폰도 없는 상대와 어떻게 더 친해질 수 있을까?

다음 날, 1교시가 끝나고 나는 반장을 복도로 불러냈다.

"우리 반 단톡방에 말이야. 없는 사람도 있는 거 알아?"

"응. 희원이 없잖아."

"희원이"라니. 남자애들끼리 성을 떼고 이름만 부른다는 것은, 그만큼 친하다는 뜻이 아니라 오히려 정말 어색한 사이라는 뜻일 거다.

"그래도 돼?"

"희원이 폰 없어."

"나도 알아. 근데 혼자만 단톡방에 없는 게 좀 그렇잖아."

반장이 작게 한숨을 쉬었다. 조금 지친 기색이었다. 반장과 1등 모범생, 그 두 가지 역할을 모두 하려면 지칠 수밖에 없을 거다. 반장에겐 이미 해야 할 일이 너무 많은데 나까지 짐을 보태는 걸까?

"알겠어. 내가 더 신경 쓸게."

그렇게 말하는 반장은 그새 평소의 얼굴로 돌아와 있었다. 그러더니 조금 전의 얼굴은 마치 내 착각인 것처럼 여유로운 투로 말했다.

"대신 말해 줘. 왜 급식 안 먹는지."

"그게 아직 궁금해?"

반장이 고개를 끄덕였다.

"그냥. 고기를 적게 먹어 보기로 했거든."

"채식 하는 거야?"

나는 곧장 고개를 저으려다가 머뭇거렸다. 내가 하는 이게 채식인가? 지난번 수현이 탄소 발자국 얘기를 했을 때처럼, '채식'이라는 단어를 갖다 붙이니 너무 거창한 일처럼 느껴졌다.

채식, 비거니즘, 제로 웨이스트, 뭐 그런 것들. 예전부터 여기저기서 들어 왔고 바람직한 일인 건 알지만 나와 닿아 있다고 생각하지 않았다. 나와는 다른, 조금 더 여유가 있고 실천력이 강한 사람들이나 하는 일들이라고. 그렇게 나는 그저 모른 척해 왔는지도 모른다.

하지만 그런 것들이 모두 대단하고 어렵기만 한 일일까? 애초에 좋아하는 애가 외톨이처럼 있는 게 보기 싫어서 시작한 일이다. 나는 너무 복잡하게 생각하지 않기로 했다.

"응. 한번 해 보려고."

그 말을 꺼낸 순간, 머뭇거리기만 하던 발걸음을 한발 내디딘 것만 같았다. 어쩐지 그 느낌이 썩 나쁘진 않았다.

8 양송이버섯

반장 앞에서 자신만만하게 말한 게 얼마 되지도 않았는데, 우리의 도시락 소모임은 예상치 못한 난관에 부딪혔다.

매점 앞에 경고문이 붙었다. '외부 음식 반입 금지.' 그러고 보니, 원래 식당에서는 자기들이 파는 음식만 먹을 수 있게 한다. 우리 동네 편의점만 해도 그런데 학교 매점도 비슷할 거란 생각을 왜 하지 못했을까?

나는 매점의 입장을 이해했지만, 수현은 그럴 수 없는 모양이었다.

"저희 맨날 깨끗하게 치우고 가잖아요. 여기 아니면 밥 먹을 데 없어요. 허락해 주시면 안 돼요?"

"학생, 내가 결정한 거 아니야."

"그럼 학교에서 그런 거예요?"

매점 아주머니의 표정이 난처해졌다. 매점이 아니라 학교가 정한 거라고 하니, 이상하게 나도 순순히 받아들이기 싫어졌다. 아주머니는 딱하다는 얼굴로 우리에게 바나나우유를 하나씩 내주었다.

"우유 말고 주스 주시면 안 돼요?"

이런 상황에서 저런 요구를 하는 게 수현답다 싶으면서도, 수현이 밉거나 무례해 보이진 않았다. 우리는 주스를 받아 들고 운동장 스탠드에 자리를 잡았다.

"누군가 우리를 방해하는 게 분명하군."

수현은 누구인지 정체를 알 수 없는, 실제로 있는지도 모를 적을 향해 전의가 불타오르는 듯한 얼굴이었다.

"우리가 뭘 했다고 방해해."

말은 그렇게 했지만, 나도 비슷한 기분이었다. 사실 학교에서 우리를 제재하려는 게 맞다면 그 이유야 얼마든지 찾을 수 있었다. 학교는 원래 정해진 대로, 모두가 하는 대로 따르지 않는 게 얼마든지 문제가 될 수 있는 곳이니까. 전교생이 매일같이, 당연하게 먹는 급식을 우리 셋만 먹지 않는다면 그건 충분히 지적할 수 있는 일인 거다.

내내 아무 말이 없던 최희원이 갑자기 일어났다.

"어디 가?"

"도서실에."

"아아, 그래."

같이 가고 싶다, 같이 가고 싶다! 내 마음이 요동쳤다. 힐끗 수현의 눈치를 살폈지만, 여전히 뿔이 난 표정으로 생각에 잠겨 있었다. 나는 느릿한 걸음으로 멀어지는 최희원을 지켜보다 말했다.

"계속 최희원 혼자 조용히 도시락을 먹었으면 이렇게까진 안 됐을 텐데. 괜히 방해한 것 같아."

"그런가?"

"다른 방법을 찾아야 해."

"근데 걔는 왜 매점에서 도시락을 먹은 거지? 급식실에서 먹어도 되잖아!"

하긴, 학교 식당은 매점이 아니라 급식실이니까. 하지만 급식을 거부하는, 아니 거부하는 것까지는 아니지만 아무튼 먹지 않는 우리를 급식실에서 받아 줄까? 급식실은 전교생과 선생님들이 모두 식사를 하는 곳이다. 모두가 식판에 담긴 똑같은 음식을 먹는데 우리만 도시락을 가져와서 먹어도 괜찮을까?

"급식실에서 도시락을? 선생님이 뭐라고 하지 않을까?"

"안 될 이유가 뭐야? 학생들 밥 먹으라고 있는 곳 아냐?"

수현이 투덜거렸다.

"그래도 허락은 받아야지. 우선 교무실에 가 보자."

"지금? 교무실은 싫은데."

가기 싫어도 어떡해? 이 일은 우리가 해결해야지. 나는 재촉하는 눈으로 수현을 뚫어져라 보았다. 슬그머니 나의 시선을 피하려던 수현이 갑자기 눈을 반짝였다.

"오! 다른 방법이 떠올랐어!"

수업이 끝나자마자 수현과 나는 황급히 교실을 나섰다. 우리가 도착한 곳은 영양 교사 사무실이었다.

흰 가운을 입은 영양 선생님이 우리를 맞았다. 탁자에 마주 앉은 선생님은 우리의 명찰을 번갈아 보았다.

"수현이, 유진이구나. 메일은 잘 읽었어. 학생한테 메일을 받을 일이 없거든. 너무 놀라서 처음엔 눈에 안 들어오는 거야. 세 번 읽었어."

선생님은 다시 생각해도 떨린다는 듯, 양손을 모아 말했다. 우리는 어제 영양 선생님에게 메일을 보냈다. 채식 도시락을 급식실에서 먹고 싶다고 하자, 선생님은 우리와 얘기를 나누고 싶다고 했다. 답장을 보면서도 느꼈지만, 선생님은 우리를 아주 궁금해하는 기색이었다.

"이런 경우는 처음이라 다른 학교에 있는 동료한테도 물어봤거든. 외부 음식 반입이 되는 학교도 있고, 안 되는 학교도 있는 걸 보면 영양 교사 재량인 것 같아. 너무 다행이지?"

"그럼 선생님만 허락해 주시면 되는 거네요!"

수현이 손뼉을 마주치며 기뻐했다. 선생님도 다행이라는 표정으로 고개를 연신 끄덕거렸다. 그럼 우리는 지금처럼 계속 도시락을 가져와 급식실에서 먹으면 되는 걸까? 처음 도시락을 싸게 된 이유가 떠올랐다. 온통 색칠된 식단표를 보고 울컥했던 마음.

함께 다니다 보니 수현의 패기를 닮게 된 것인지도 모른다. 나는 여기서 한 걸음 더 가 보고 싶어졌다.

"선생님. 지금은 한 달에 한 번만 채식 급식이 나오잖아요. 고기를 안 먹는 학생들한텐 너무 적은 횟수 아닐까요?"

선생님의 눈이 동그랗게 커졌다. 만화에 나오는 캐릭터 눈처럼 보였다.

"한 달에 한 번인 채식도 불만인 친구들이 많아. 어떡하면 좋지?"

오히려 선생님이 우리에게 답을 구하는, 정말 난처해하는 목소리였다. 하긴, 나도 고기가 없으면 밥을 먹지 않는 아이들을 자주 보았다.

“학생들에게 강요할 수는 없지만, 나도 비건 지향이긴 해. 채식주의를 비건이라고 하거든. 너희 혹시…… 김제욱 아니?”

“당연히 알죠! 제 꿈에 나온 적도 있어요!”

“김제욱 브이로그를 보니까 저녁 식사로는 고기를 안 먹는대. 환경을 위해서. 너무 멋지지 않니?”

“와! 역시 잘생긴 사람은 하는 일도 멋지네요.”

수현의 너스레에, 선생님은 조금 수줍게 고개를 끄덕였다.

“하지만 채식이든 육식이든, 나나 학교가 학생들의 선택을 제한할 수는 없지.”

선생님의 이야기를 들으며 머릿속이 복잡해졌다. 김제욱도, 영양 선생님도 나와 비슷한 선택을 했다. 이유는 조금 다르지만, 고기를 덜 먹기로 했다. 무엇을 먹을지 안 먹을지는 직접 선택할 수 있는 일이다. 그런데 예전엔 왜 그걸 알지 못했을까?

“그런데 급식 메뉴는 정해져 있잖아요. 학생에게 선택권이 있다고 할 수 있을까요?”

영양 선생님은 미소를 지으며 답했다.

"유진이 네 말도 맞아. 하지만 학교는 아무래도 더 많은 학생에게 꼭 필요한 것들을 줄 방법을 고민하는 곳이거든. 이미 선택한 사람도, 아직 선택하지 않은 사람에게도 말이야."

무슨 뜻인지 알 것 같았다. 지금 최희원을 만나지 않았더라면, 나는 오늘 같은 고민은 하지 않았을 것이다. 하지만 조금 더 생각하면, 지금이 아니었더라도 영양 선생님 나이쯤엔 고기를 덜 먹겠다고 결심했을지 모른다. 그러니까 중요한 건, 계기 아닐까?

"그럼 일단 알려 줘야 하지 않을까요?"

"뭘?"

"선택할 수 있다는 거요."

다음 날 급식 시간, 우리는 운동장 스탠드에서 도시락을 열었다.

"너에게 딜을 제안한다."

수현이 범죄 영화 속 인물 같은 말투로 말했다.

"영양 선생님한테 허락 받았어. 급식실에서 도시락 먹어도 된대."

수현이 더 이상한 소리를 하기 전에 내가 얼른 말했다. 최희원의 눈이 미세하게 커졌다.

"잘됐다. 고마워."

내 심장이 뛰는 속도가 빨라지는 게 느껴졌다. 최희원은 평소와는 다른 또렷한 눈빛이었다. 고맙다는 말을 제대로 할 줄 아는 아이였구나. 이렇게 새롭게 알게 되는 모습들이 다 반갑고 좋았다. 그때 수현이 옆에서 끼어들었다.

"대신 너도 우리를 도와."

"그래. 뭘 할 건데?"

"뭐, 여러 가지."

"알겠어."

도시락을 다 먹고 수현은 영양 선생님에게 다녀온 일을 다시 생색내면서 최희원에게 아이스크림을 요구했다. 최희원은 군말 없이 아이스크림을 사 주었다.

"그런데 어떻게 알려 주지? 잔소리하려는 건 아닌데."

늘 그렇듯 매점은 학생들로 바글거렸다. 나는 소란스럽게 오가는 아이들을 구경하다 물었다.

"다들 정말 채식을 싫어하는 걸까?"

"선생님도 그랬잖아! 한 달에 고작 하루인데 그것도 싫다니. 너무한 거 아냐?"

수현이 툴툴거렸다. 가만히 듣기만 하던 최희원이 말했다.

"직접 물어보면 되지."

영양 선생님에게 허락을 받아, 우리는 급식실 입구에 작은 패널을 설치했다. 질문은 세 가지였다.

1. 나는 채식이 필요하다고 생각한다/그렇지 않다.
2. 나는 우리 학교 채식의 날 식단에 만족한다/불만이다.
3. 현재 채식의 날 주기(월 1회)는 충분하다/부족하다.

각각의 질문에는 스티커를 붙여서 답변할 수 있게 해 놓았다. 패널 아래에는 '영양 쌤한테 허락받음. 함부로 차거나 넘어뜨리지 마시오'라고 적었다.

결과는 조금 이상했다. 1번. 필요하다는 의견이 압도적으로 많았다. 다들 이렇게나 채식에 관심이 있다고?

2번도 마찬가지였다. 채식의 날 메뉴에 만족한다는 반응이 더 많았다. 채식의 날에는 평소보다 급식실이 휑해 보이던 건 내 착각일까?

하지만 3번. 월 1회 채식이 충분하다는 쪽에 더 많은 스티커가 붙어 있었다.

"그냥 무조건 왼쪽에 붙인 거 아니야?"

수현은 조금 황당해하는 투였다. 다들 그 정도로 무성의하진 않을 거야, 생각했지만 나도 결과가 이해되진 않았다.

채식의 필요성도 인정하고, 채식 메뉴도 맛있다면서, 왜 채식의 날을 늘리는 건 반대하지?

만약 나라면……. 만약 고기를 먹지 못하는 애를 좋아하지 않고, 돼지와 소를 먹지 않으려는 아이와 친구가 아니었다면. 그러니까 이 설문조사와 아무런 관계가 없는 학생이었다면 어떻게 답했을까?

1번. 채식이야 뭐 여기저기서 바람직하고 좋다고 말하는 거니까, 찬성.

2번. 채식의 날이라고 '풀'만 나오는 것도 아니고, 맛이 없는 것도 아니다. 그리고 이 결과를 영양 선생님도 보시겠지? 그럼 당연히 만족한다고 해야지.

3번. 더 자주 먹겠냐고? 굳이?

1번과 2번은 내 삶에 직접 영향을 미치는 것이 아니니 얼마든지 좋게 좋게, 답할 수 있다. 하지만 3번은 다르다. 대답에 따라 당장 내일 식단이 달라질 수도 있는 거다. 그건 간단한 문제가 아니다. 생각과 태도를 바꾸는 건, 아니 적당히 바뀐 척하는 거야 쉽지만 정말 실천해야 할 때는 머뭇거리게 된다.

조금 맥 빠지는 결과를 확인하고 교실로 돌아왔다. 아이들을 둘러보았다. 친한 아이들끼리 수다를 떨고 있었다. 평소와 다를 바 없는 모습이었다. 급식실 입구에 놓여 있던 패널을 얘기하는 사람은 아무도 없었다. 이건 우리에게나 중요한 일일 뿐, 다른 아이들은 여기에 관심이 없다.

교실 가장자리로 조금 벗어나 버린 느낌이었다. 전에는 한 번도 느껴 본 적 없는 기분. 아까 본 설문조사 결과보다, 그 느낌이 나를 더 혼란스럽게 했다.

9 피망

삐비빅, 알람이 울렸다. 정해 둔 공부 시간이 끝나고 잠깐 휴식 시간이다. 문제집을 푸는 동안 목이 조금 마른데도 참던 차였다. 나는 얼른 거실로 나섰다.

물을 마시고 나서 냉장고 안을 계속 기웃거리고 있으니 엄마가 물었다.

"왜? 배고파?"

"그냥 뭐가 있나 봤어."

"마땅한 게 없지? 내일은 김밥 싸 줄게."

"응. 나도 같이 할래."

거실 텔레비전에서 홈쇼핑 방송이 나왔다. 경쾌하고 높은

톤으로 뭔가를 끊임없이 말하는 쇼핑호스트의 목소리가 귀를 사로잡았다. 나는 홀린 듯 텔레비전 앞에 섰다. 사골곰탕 팩 10개를 특가 39,900원에 팔고 있었다. 나는 채널을 돌려 보았다.

〈드라마 인 유〉 드라마 주인공과 친구들이 치킨집에서 치맥을 하고 있다. 치킨집 로고가 그대로 나오는 것을 보니, 피피엘(협찬 광고)인 모양이다.

〈뮤직 닷컴〉 아이돌 그룹 에이세븐 멤버들이 캠핑카 앞에서 바비큐 파티를 한다. 상당히 즐거워 보인다.

〈채널 조이〉 유명인들이 직접 만든 레시피로 요리 대결을 펼치고 있다.

"죄다 먹는 것뿐이네."

"이 시간엔 원래 그래."

엄마는 그게 뭐 대수냐는 듯 말했다.

"사람들은 너무 많이 먹는 것 같아."

아까 잠깐 머리를 식히려고 본 숏폼 영상에서도, 길거리에서도 조금만 둘러보면 금세 먹음직스러운 음식이 시야에 걸렸다. 매일 지나치는 대로변에 즐비한 치킨, 삼겹살, 족발

집들. 그 안에서는 매일 다른 사람들이 굽고 먹고 마시며 취해 있었다.

"너 다이어트 그만해."

"다이어트는 무슨."

내가 도시락을 싸기 시작한 뒤, 우리 가족은 내가 다이어트를 한다는 오해에 빠져 있었다. 나는 한숨을 내쉬었다.

"엄마, 다들 공부는 먹고살기 위해서 하는 거라며. 그럼 먹고사는 게 인생 목표인 거지?"

"잘 먹고 잘 사는 게 목표지. 왜 그래? 공부가 힘들어?"

"아냐."

"안 먹으니까 기운이 달려서 그러는 거 아냐. 내일은 소고기 구워야겠다."

"윽!"

"애가 정말 왜 이래?"

몸보신엔 역시 고기지. 특별한 날에는 고기가 빠질 수 없지. 예전에는 그런 말들이 하나도 거슬리지 않았다. 열여덟 인생을 살면서 당연하게 여겨 오던 것들이 왜 갑자기 귀에 콕콕 박히는 걸까?

아무래도, 사람들은 너무 많이 먹는다. 맛있는 음식만큼 즉각적인 만족을 주는 게 없고, 살기 위해서는 반드시 뭔가를 먹어야만 하니까 그런 거겠지.

하지만 잘, 많이 먹는 것만이 중요한 걸까? 살기 위해서 먹는 게 아니라, 먹기 위해 태어난 것처럼? 구하기 어렵고 값비싼 음식을 먹을수록 더 건강해지고, 더 우월한 사람이 되는 걸까? 등심, 안심, 채끝, 살치……. 부위를 나누어 이름을 정하고, 가격을 매기고, 내장에 뼛조각까지 어떻게든 활용해 요리를 한다. 어떤 생명은 먹기 위해 태어나고, 또 다른 생명은 먹히기 위해 태어난 것처럼 산다. 그런 기준은 도대체 누가 정하는 거지?

급식실에서 도시락을 먹게 된 후로, 우리는 급식으로 나온 밥과 채소 반찬을 집에서 가져온 반찬과 함께 먹었다. 밥과 여러 반찬을 싸지 않아도 되니, 도시락 싸기가 훨씬 쉬워졌다. 매일 이십 분쯤 일찍 일어나 도시락을 직접 준비하는 일도 꽤 익숙해졌다.

아직도 급식실에서 도시락을 먹는 우리를 의아하단 눈으로 빤히 보는 애들이 있었다. 어제는 한국지리 선생님이 수업이 끝나고 나를 불러내더니, 혹시 급식비를 내지 못한 거냐고 물었다. 점심은 무상급식이라고 하자 선생님은 조금 멋쩍어하더니 더는 묻지 않았다. 그런데 어쩐지 아무 상관

없다는 생각이 들었다.

점심 시간, 우리는 오늘도 창가 자리에 앉았다.

"우리 닭고기도 안 먹는 건 어때?"

내 제안에 수현이 흥미롭다는 듯 씨익 웃었다.

"왜?"

"우리 학원 건물에 치킨집이 세 군데나 있거든. 냄새를 너무 많이 맡았어. 그래서 먹기 싫어졌어."

다른 사람이라면 그게 무슨 이유가 되냐며 코웃음 칠 얘기였다. 하지만 수현은 진지한 얼굴로 고개를 끄덕였다.

"오케이! 이제 나도 마음의 준비가 됐거든."

식사를 끝내고 급식실을 나서는데 수현이 게시판 앞에서 멈춰 섰다.

"채식 급식 레시피 공모? 재밌겠다!"

공모라고? 어쩐지 전의가 솟아오르는 마법 같은 말이었다. 나도 수현의 옆으로 가 포스터를 확인했다.

"음. 김유진, 너 요리할 줄 알아?"

최희원이 보는 앞에서 저렇게 묻다니. 그래도 거짓말을 할 순 없다. 나는 고개를 저었다.

"최희원 너는? 요리 잘해?"

"응. 조금."

뭐라고? 요리까지 잘해? 도대체 단점이 뭐지? 나는 자꾸만 올라가려는 입꼬리를 감추며 수현에게 물었다.

"왜? 저기 나가고 싶어?"

"응! 우리가 1등 먹으면 학교에 채식 홍보도 되고! 재밌을 것 같지 않아?"

수현은 이미 수상이라도 한 것처럼 신난 얼굴이었다. 넌 어떻게 할 거야? 나는 최희원을 물끄러미 보았다.

"너희가 하면 해야지."

"그럼 그럼. 의리를 지켜야지."

수현이 만족스럽다는 듯 고개를 끄덕였다. 우리가 언제부터 뭔가를 당연히 함께하는 사이가 된 거지?

5교시 이동수업에 뒷문으로 나가려다 최희원과 마주쳤다. 나를 내려다보는 시선이 느껴졌다. 너무 가깝다. 어딜 봐야 하지? 원래 키가 이만큼 컸나? 고기를 안 먹어도 이렇게 쑥쑥 클 수 있다고, 엄마한테 보여 주고 싶었다.

"7반?"

"아아, 응."

최희원이 앞서 걷기 시작했다. 최희원은 물리 수업을 9반 교실에서 듣는다. 이렇게 같이 걸어가는 건가? 내가 7반에서 수업을 듣는 건 어떻게 알았지? 최희원이 내가 듣는 수업을 알고 있는 건 별로 이상하지 않았다. 같은 반이고, 별 뜻도 없을 거다. 하지만 내가 최희원의 선택과목을 안다고 하면, 무척 수상하게 보일 거다.

"이게 그 고양이."

최희원이 주머니에서 폴라로이드 사진을 꺼냈다. 털이 얼룩덜룩한 고양이가 눈을 세모나게 뜨고 정면을 바라보고 있었다.

"네가 찍었어?"

"응."

"너 귀찮아하는 거 아냐? 눈빛이 그런데."

"한 대 맞은 적은 있어."

나는 농담으로 한 말인데, 돌아온 대답은 농담이 아닌 것 같았다. 삼색 고양이가 앞발 펀치를 날릴 때도 최희원은 멀뚱한 얼굴로 가만히 맞고 있었을 거란 생각에 조금 웃음이 났다.

"귀엽다."

아, 너 말고 고양이 말이야. 그렇게 덧붙이려다 그게 더 이상해 보일 것 같아 입을 닫았다.

"너 가져."

"그래도 돼?"

"다른 사진 많아."

"다른 것도 보여 줘."

"다음에 가져올게."

우리는 7반 교실 앞에 멈춰 섰다.

교실을 옮기느라 정신없는 아이들이 분주하게 복도를 지나쳐 갔다. 모두가 바쁘게 움직이는 사이에서, 나랑 최희원만 마주 보고 서 있었다. 벌써 헤어져야 하다니.

"그…… 수업 잘 들어."

"응. 너도."

수업이 시작됐다.

매일 한 교실에서 수업을 들을 때는 별생각이 없었는데, 지금은 두 칸 옆 교실에 최희원이 멀건 눈으로 앉아 있을 거라고 생각하니 묘한 기분이 들었다. 이걸 가깝다고 해야 할까, 멀다고 해야 할까.

아까 받은 사진을 다시 꺼내 보았다. 고양이는 기분이 좋을 때 눈을 가늘게 뜬다고 들었는데, 아무리 봐도 이 눈빛은 상대가 귀찮고 하찮다는 의미인 것 같았다. 근데 왜 나에게 이 사진을 준 거지? 둘이서 삼식이, 아니 최희원네 동네 고양이를 얘기한 것도 꽤 지난 일인데. 그걸 기억하고 있었던 걸까?

손으로 만져지는 이 질감이 새삼 신기했다. 오늘 아침에 그 애의 집에서부터 학교까지 그 애를 따라온 무언가가 지금 내 손에 있다. 만약 최희원에게 휴대폰이 있었다면, 폰으로 찍은 사진을 나에게 보내 줬을까? 휴대폰에 저장해 두고 언제든지 볼 수 있지만, 직접 만질 수는 없는 사진이겠지.

생일에는 쿠폰보다는 손 편지를 받고 싶다던 은오의 말이 떠올랐다. 이제야 그 의미를 알 것 같았다. 자꾸만 나도 모르게 입가에 미소가 번졌다. 좋아하는 사람에게 휴대폰이 없다는 건, 마냥 아쉬운 일만은 아닐지도 모른다.

10 콜라비

"내가 생각을 해 봤거든. 우리가 공모에서 상을 타면 조회 시간에 전교생이 보는 앞에서 상도 받고 학교에서 축하 현수막도 걸어 주겠지? 대박 멋질 거야. 그럼 학교에 채식 열풍이 불지 않겠어?"

쉬는 시간, 수현이 잔뜩 들뜬 얼굴로 말했다.

"정말 거기 나가자고?"

"응! 어때?"

나는 최희원의 반응을 살폈다. 최희원은 느릿하게 눈만 끔뻑일 뿐이었다. 내키지 않는 건가? 나도 당장 다가오는 시험이 신경 쓰였다.

"곧 중간고사야."

"그럼 시험 끝나고 준비하자! 오케이?"

"……그럴까?"

실은 나도 어제 공모 홈페이지에 들어가서 참여 방법부터 이전 수상작들까지 한참을 찾아보았다. 요리 경연처럼 한 장소에 모여서 직접 음식을 만드는 게 아니라, 요리 과정을 찍은 사진과 레시피를 메일로 보내면 된다. 공모 마감일까지는 시일이 꽤 남아 있었다. 준비할 시간이 있으니 그렇게 막막한 일은 아니라고 느껴졌다. 하지만 수현의 기대를 조금 눌러 놓을 필요는 있었다.

"근데 우리가 상을 받아도 학교에서 현수막 같은 건 안 해 줄 거야."

"괜찮아! 대신 내가 엄청 자랑하고 다닐 거야."

"알겠어. 시험 끝나고 시작해."

"좋아! 최희원, 너도 할 거지?"

최희원이 고개를 끄덕였다.

은오야

이거 들어 본 적 있어?

#채식 급식 레시피 공모

애들이랑 여기 나가기로 했어

좀 무리인가? 학원 다니기도 바쁜데

이왕 나가는 거 1등 하고 싶은데 못 하면 실망할 것 같아

적막만 맴도는 학원 자습실에서 나는 은오에게 메시지를 보냈다. 교실에서는 얼마든지 가능할 것 같았는데 막상 공부를 하려니, 너무 쉽게 결정해 버린 건 아닐까 하는 생각이 자꾸만 튀어 올라서였다.

애들? 누구 말하는 거?

아아

나랑 같이 도시락 먹는 애들 ㅋㅋ

은오는 나에게 물어 놓고, 그다음 답장은 바로 읽지 않았다. 앞뒤 다 자르고 그냥 '애들'이라고 해 버렸구나. 어쩐지 부연 설명을 할 필요가 없는 가까운 사이처럼 느껴졌다. 은오도 그렇게 느꼈을까?

책상 위에선 타이머가 공부 시간을 측정하고 있었다. 딱 오 분만 쉬자. 나는 정지 버튼을 눌렀다. 아까 인강을 보다

엎어 둔 태블릿을 열었다. 인터넷을 켜서 '채식 식단'을 검색해 보았다.

"배고파?"

"아, 깜짝이야!"

뒤를 돌아보자 반장이 텀블러를 들고 서 있었다. 아까 흘끗 봤을 때는 고개 한 번 들지 않고 내내 공부에 열중하더니, 물이라도 뜨러 가려던 모양이었다. 반장은 가지탕수 레시피 동영상을 재생 중인 내 태블릿 화면을 빤히 보았다.

"가지탕수?"

"아무것도 아냐."

나는 급히 화면을 껐다. 딴짓 좀 할 수도 있지, 이게 이렇게 머쓱할 일이야? 괜히 열어 본 휴대폰에는 아직 은오의 답장이 없었다. 나는 휴게실 쪽을 손짓하는 반장을 따라 나섰다.

"애들이랑 채식 급식 레시피 공모 나가기로 했거든. 그거 찾아보고 있었어."

"애들?"

"응. 수현이랑……. 최……희원이랑."

나는 큼큼, 목을 가다듬었다. 이름 부르는 게 뭐라고 이렇게 막, 간질간질한 기분이 드는 거야?

"여기 좀 덥지 않아? 벌써 히터를 튼 건가?"

"아닌 것 같은데."

"그래?"

나는 괜히 손부채질을 해 댔다. 왜 자꾸 얼굴에 열이 오르지? 아무 말이나 해야겠다.

"공모에서 1등 할 거야."

"뭘 만들 건데?"

"그건 아직 몰라."

"넌 매사에 열심이구나."

"왜? 반장 너도 그렇잖아."

반장은 물끄러미 휴게실 창밖만 응시할 뿐이었다. 왜 아무 말이 없지? 사실 별로 친하지도 않은데, 시시콜콜 괜한 얘기를 한 걸까? 어쩌면 '입시랑 관련도 없는 걸 왜 하지?'라고 생각하고 있는 건 아닐까. 지난번 고양이 입양 전단지 때문에 선생님에게 야단맞는 수현을 보면서 내가 생각했던 것처럼.

"서은오는 잘 지내?"

은오가 학교를 떠난 이후로, 학교에서는 아무도 나에게 은오 얘기를 직접 묻지 않았다. 마치 은오가 아주 불미스러운 일로 쫓겨난 것처럼, 언제부터인가 은오는 원래 없던 사람이 된 것 같았다. 나는 감쪽같이 은오의 흔적을 잊은 아이들을 보면서, 서운하기보다는 조금 두려웠다.

"그냥 뭐. 그렇지."

갑작스럽게 나온 은오의 이름에, 나는 그만 얼버무리고 말았다. 은오는 지금 어디서 뭘 하고 있지? 은오가 잘 지낸다는 건 어떤 거지?

"걔는 날 기억할지 모르겠네."

"당연히 알지. 우리 다 같은 중학교였잖아."

그때부터 넌 공부를 특출나게 잘해서 유명했으니까, 하고 덧붙이려다 말았다. 반장이 나를 가만히 보았다. 묻고 싶은 게 더 남은 듯한 눈빛이었다.

"은오한테 안부 전해 줄게."

"그래. 고맙다."

나야말로 반장에게 묻고 싶었다. 학교 안 누구에게든 늘 물어보고 싶었다. 너도 학교를 영영 떠나 버리고 싶을 때가 있어? 친한 친구를 그대로 남겨 두고?

"이거 먹어."

반장이 후드 주머니에서 뭔가를 꺼내 내밀었다. 초콜릿이었다.

"너 초코 좋아하나 보다."

"그냥."

반장은 무심하게 말하고는 먼저 자습실로 돌아가 버렸다. 지난번에 학교에서 준 것과는 다른 초콜릿이었다. 포장에 '비건 다크 초콜릿'이라고 적혀 있었다. 초콜릿도 비건 제품이 있구나. 반가워서 눈이 반짝 떠졌다. 이런 게 있다면 고기뿐만 아니라, 우유와 버터 같은 동물성 식품도 줄여 볼 수 있지 않을까?

나는 포장을 까서 초콜릿을 입에 넣었다. 평소에 먹던 초콜릿과 크게 다르지 않은 맛이었다. 입안 가득 달콤함이 퍼지면서 피곤했던 기분이 조금은 달아나는 듯했다.

11 양상추

중간고사가 드디어 끝났다. 마지막 시험인 영어에서 막히는 문제가 하나도 없었어서인가? 자꾸 기분이 들떴다. 뭐든 할 수 있을 것 같았다. 아이들이 썰물처럼 빠져나간 교실에서 최희원은 자리에 앉아 가방을 정리하고 있었다. 나는 최희원에게 다가갔다.

"시험 잘 쳤어?"

"응."

뭐? 시험까지 잘 쳤다고? 이렇게 완벽해도 되는 거야?

"너는?"

"그냥 공부한 만큼 친 것 같아."

내가 밤을 새워 가며 공부했다는 사실을 알 리 없겠지. 나, 실은 공부 잘해. 그렇게 어필하고 싶은 마음을 꾹 참았다. 그때 아까부터 보이지 않던 수현이 교실로 들어서며 물었다.

"최희원, 너 어디 살아? 집에 어떻게 가?"

"148번 타고."

"148번? 완전 반대 방향이네."

수현의 얼굴이 난처해졌다. 148번은 도시 외곽으로 빠지는 노선이다.

"여기 집 주소 찍어."

수현이 휴대폰으로 길 찾기 앱을 켜더니 최희원에게 내밀었다. 말없이 받아든 최희원이 무언가를 검색했다. 최희원이 스마트폰을 들고 있는 모습이 낯설었다.

"흠, 네가 선택해. 너희 집 주방을 제공하거나, 우리 집까지 버스로 사십 분 거리를 오가거나."

너희 집이라면, 최희원네 집? 갑자기 심장이 요동쳤다.

"두 번째로 할게."

"그래. 내 생각에도 두 명보다 한 명이 수고하는 게 효율적이야. 김유진네 집은 우리 집 방향이거든."

"잠깐만. 그럼 너희 집에서 공모 준비를 하자고?"

"응. 우리 집이 주말에 자주 비거든. 아님 김유진 너희 집도 괜찮아?"

최희원이 우리 집에? 상상도 할 수 없는 일이다.

"아냐. 너희 집이 낫겠다."

"오케이! 그럼 오늘은 시장조사부터 시작하자."

시장조사? 계획, 조사, 분석, 그런 건 내 전문인데. 하지만 오늘은 수현의 계획에 따라 보기로 했다.

버스가 도착하자, 수현이 가장 먼저 올라타 맨 뒷자리로 갔다. 나는 수현의 옆자리에 앉았다. 뒤이어 탄 최희원이 카드를 찍더니 이쪽으로 걸어왔다. 설마 내 옆에 앉는 건가? 최희원이 한 걸음씩 가까워질 때마다 내 심박수도 오르는 것 같았다. 으악!

최희원이 내 옆자리에 앉았다.

"오오."

옆에서 수현이 놀리듯 흥얼거렸다. 나는 수현을 팔꿈치로 쿡 찌르고는 창밖에만 시선을 두었다. 버스가 익숙한 대로를 달려갔다.

"아, 우리 동네다."

내가 말했다. 최희원은 창밖을 더 자세히 보려는 듯 몸을 내 쪽으로 기울였다. 흡, 나도 모르게 숨을 참았다.

최희원은 평소보다 조금 더 또렷한 눈으로 바깥 풍경을

보았다. 내가 매일 지나는 길을 최희원이 보고 있다니, 묘한 기분이 들었다.

버스에서 내려, 수현은 어느 빵집으로 우리를 데려갔다. 벽 여기저기에 붙어 있는 포스터에 유기농 통밀, 천연 발효 같은 문구들 사이 '비건'이라는 단어가 눈에 띄었다.

"우리는 채식 레시피 만드는 거잖아. 빵은 어려울걸."

"나도 알아. 그냥 와 보고 싶었어."

하여튼 깐깐한 김유진, 수현이 투덜거렸다.

가게 안은 한적했다. 우리는 통밀바게트와 쌀소금빵, 복숭아스콘, 레몬과 쑥마들렌, 그리고 음료를 주문했다. 이 빵들은 모두 버터와 계란, 우유가 들어가지 않았다고 했다.

나는 가장 먼저 쌀소금빵을 맛보았다. 우리 동네 빵집에서 파는 소금빵과 비슷했다. 그리고 통밀바게트는……. 시원한 우유가 간절해지는 맛이었다.

"흐음. 종이를 씹는 느낌이군."

수현이 목소리를 낮추어 말했다. 나와 비슷하게 느낀 모양이었다.

"언제 종이 먹어 봤어?"

최희원이 물었다. 수현의 눈이 가늘어졌다.

"그냥 말이 그렇다고!"

"저기, 우린 재료도 좋고 맛도 있는 레시피를 만들자. 급식이니까 우선 맛있어야 해."

분위기를 바꿀 겸, 나는 황급히 끼어들었다. 두 사람도 고개를 끄덕였다.

"맞아. 우리 취향에도 맞아야 만드는 재미가 있지. 의견을 모아 보자. 지금 뭐가 먹고 싶어?"

수현이 물었다. 엄마는 학교 시험이 끝나는 날마다 삼겹살이나 소고기를 구워 주었다. 오늘도 고기를 구워 줄까? 잘했다고, 고생했다는 의미로 나를 위해서 차린 밥상을 마다해야 하다니. 고소한 기름 냄새와 구운 김치, 마늘을 넣어 크게 싼 상추쌈이 절로 그려졌다. 원래 아는 맛이 맛있는 법이다. 나도 모르게 군침을 삼킬 뻔했다.

"일단 나는 찜닭."

"뭐? 헤어질 준비가 다 됐다며?"

고기를 덜 먹자고 시작한 일 아니야? 나는 상추쌈을 애써 외면하는데 저렇게 당당하게 찜닭이 먹고 싶다고 하다니. 나의 야유 섞인 반응에 수현이 어깨를 으쓱했다.

"근데 알고 보면, 실은 찜닭 소스를 맛있어하는 건지도 몰라. 그 소스만 파는 데 없나? 거기 밥 비벼 먹으면 딱인데!"

하긴 치킨, 갈비, 김치찜처럼 내가 즐겨 먹던 고기 음식들을 떠올리면 먼저 생각나는 것은 양념이 내는 맛이었다. 고기를 구워 먹을 때도 장을 곁들여 쌈을 먹는 게 더 자연스럽다. 그렇다면 고기 본연의 맛이란 뭐지?

"너는 무슨 음식 좋아해? 시험 끝난 날 먹고 싶은 게 뭐야?"

이참에 최희원의 취향도 더 알아볼 셈이었다. 최희원은 갑자기 알레르기가 생겼다고 했지. 그 전에는 고기 반찬을 잘 먹고 좋아하지 않았을까?

"나는 닭강정에 들어 있는 떡."

예상치 못한 대답이었다. 수현이 대번에 인상을 썼다.

"엥? 닭고기가 아니고?"

"떡이 더 맛있던데."

원래 떡을 좋아하는 건가? 떡볶이 좋아해? '쌀떡 파'랑 '밀떡 파' 중에 어느 쪽이야? 우리 동네에 떡볶이 맛집 있는데, 같이 가지 않을래? 하고 싶은 말들이 꼬리를 물고 이어졌다.

"오케이. 닭고기 없는 닭강정을 만든다고 쳐. 떡이랑 또 뭘 넣을 수 있지?"

아, 우리는 지금 회의 중이었지. 수현의 말에 정신이 번뜩 들었다.

"일단 튀기면 다 맛있지 않을까? 버섯이나 가지, 이런 거

어때?"

"오, 맛있겠다! 역시 김유진 똑똑이."

대화를 듣던 최희원의 눈도 조금 커졌다. 흥미로워하는 게 분명하다. 도시락에 가지 반찬 많던데, 너 가지 좋아하지? 그렇게 묻고 싶었지만 참았다. 매일 유심히 관찰하는 걸 들킬 수는 없다.

"또 뭘 튀기지?"

"……브로콜리?"

내내 묻는 말에만 답하던 최희원이 드디어 자기 의견을 말했다. 그게 하필이면, 브로콜리를 튀기자는 소리라니.

"그건 이상해."

수현이 고개를 저었다. 최희원이 머쓱한지 목덜미를 매만졌다.

"막상 튀겨 보면 괜찮을 수도 있어."

내가 조심스레 한마디 보탰다.

"놉. 브로콜리는 무조건 데쳐서 초장. 그 외의 조합은 불허한다."

수현은 단호했다. 저 정도면 사실은 브로콜리를 싫어하는 거 아냐? 그런데 사실 나도 브로콜리튀김은 엄두가 안 났다. 나는 어쩔 수 없다는 눈으로 최희원을 흘끗 보았다. 최희원은 받아들이겠다는 듯 묵묵히 고개를 끄덕였지만, 움찔거리는 눈썹은 숨길 수 없는 모양이었다. 설마, 삐친 건가? 너무 귀엽다!

대화 주제는 좋아하는 음식에서 싫어하는 음식으로 흘러갔다. 나는 견과류는 좋아하지만, 음식에 견과류가 들어가는 건 싫다고 말했다. 난데없이 입속에서 씹히는 그 느낌이 싫다. 두 사람의 반응을 보니 별로 동의하지 않는 듯했다.

"나는 어릴 때, 바다 냄새 나는 거 정말 싫어했어. 굴, 미더덕, 파래 같은 거 있잖아."

수현이 질색하는 얼굴로 말했다.

"그렇지만 바다는 좋아. 나, 수영도 잘해. 암튼 이제 해조류는 잘 먹어. 해산물은 앞으로 점점 줄여 볼 거야."

다음은 최희원이 말할 차례였다. 최희원은 조금 고민하더니 입을 열었다.

"나는 피망."

"엥? 짱구도 아니고 뭐야."

"짱구가 피망을 싫어해?"

최희원이 진지하게 물었다.

"허, 설마 짱구를 안 봤다고?"

"봤는데 기억이 안 난 것뿐이야."

"그게 그거지."

또 새로운 정보다. 최희원은 가지를 좋아하고, 브로콜리도 그만큼 좋아한다. 피망은 싫어하고, 만화도 좋아하지 않을 확률이 높다. 그것 말고도 오늘 그 애에 대해서 알게 된 사실들이 많았다. 누군가와 나란히 걸을 때 어떻게 속도를 맞추려는지, 낯선 거리를 볼 때는 어떤 표정이 되는지.

난 최희원을 제대로 알기 전부터 좋아했다. 그런데 가까이에서 보고 겪은 최희원은, 내가 혼자 그려 보던 것보다 훨씬 근사한 아이 같다. 어떻게 상대방을 더 자세히 알게 되었는데도, 실망하는 게 아니라 좋아하는 마음이 커질 수 있지? 그게 가능한 일인가?

우리는 저녁을 먹을 시간이 되어서야 헤어졌다. 수현은 근처에 비건 음식점이 있는지 찾아 놓을 테니 다음에 함께 가 보자고 했다.

돌아가는 버스는 만석이라 서서 가야 했다. 분명 차가 막힐 시간인데, 버스는 사람이 없는 정류장을 건너뛰면서 빠르게만 달려갔다.

"나는 다음에 내려."

"그래."

최희원이 하차 벨을 눌러 주었다. 하차 벨이 최희원과 더 가까운 쪽에 있으니, 대신 눌러 주는 게 당연하다. 그런데도 저런 사소한 데서 자꾸만 설렌다. 버스가 멈췄다. 최희원이 나를 따라 내렸다.

"너는 학교 앞에서 내려서 갈아타야 하잖아."

"조금 걷지 뭐."

최희원은 버스가 떠난 방향으로 걷기 시작했다. 학교까지는 십 분은 더 걸어가야 했다.

"여기도 고양이 많아?"

"여기는 대로변이라 잘 안 보이고. 동네 안쪽으로 가면 많아. 밥 챙겨 주는 사람들이 많거든."

갑자기 그런 게 왜 궁금해? 다른 사람이었다면 그렇게 물었겠지만, 최희원이 말하니 하나도 이상하지 않았다. 최희원은 길을 걸을 때, 반짝거리는 간판, 자동차가 아니라 화단이나 풀숲을 살펴보면서 다니지 않을까?

"난 여기서 건너가야 해."

"그래. 잘 가."

"여기서 너희 동네 가는 방법 알지?"

최희원이 고개를 끄덕였다. 나는 건널목 앞에 멈춰 섰다. 가끔 은오와도 이 건널목 앞에서 헤어지기 아쉬워서 파란불을 몇 번이나 지나쳤다. 같은 골목을 빙빙 돌면서 했던 얘기를 하고 또 했다. 그러고도 헤어지자마자 메신저로 못다 한 얘기를 이어 갔다. 지금 어디쯤이야? 집에 도착했어? 최희원과는 그런 메시지를 주고받을 수 없는 게 조금 아쉬웠다. 아까 우리가 타고 온 버스도, 지금 이 신호등도, 잠시 멈춰 놓고 싶었다.

파란불이 켜졌다.

"갈게."

"응."

"그, 저기 있잖아."

"응."

"우리 꼭 1등 하자!"

나는 주먹까지 쥐어 보이며 말했다. 조금 멍하게 보던 최희원이 고개를 끄덕였다.

"안녕!"

"응. 잘 가."

거리는 이미 꽤 어둑해져 있었다. 해가 진 후라 다행이었다. 밝은 곳에서 봤다면, 지금 내 얼굴이 조금 달아올라 있을지도 모르니까. 조금 전, 얼핏 본 최희원이 옅게 웃은 것 같기도 했다.

12 감자

종례 시간, 반장이 종이를 나눠 주었다. 급식 만족도 조사 설문지였다.

"채식의 날? 이거 저번에 조사한 거 아니야?"

설문지를 작성하던 중 누군가가 말했다. 급식에 대한 전반적인 만족도를 묻는 조사였지만, 채식의 날에 관한 질문도 있었다. 설문지를 내고 나오니, 수현이 복도에서 나를 기다리고 있었다.

"영양 쌤 감동이군. 이렇게 본격적으로 조사도 해 주다니."

"우리 때문에 한 거 아니야. 작년에도 했잖아. 기억 안

나?"

"그래? 어쨌든 좋아. 일주일에 한 번씩 하면 안 되나? 채식, 채식, 다들 귀에 못이 박히도록 얘기했으면 좋겠어."

장난스러운 말투였지만 수현은 꽤 진지해 보였다. 탄소 배출량을 얘기하던 거나 동물을 좋아하는 걸 생각하면 전부터 관심은 있었겠지만 채식을 시작하고 나서 더 진심이 된 모양이었다. 역시 행동파답다.

설문지에 뭐라고 응답했는지 이야기하는 사이 학교 앞 정류장에 도착했다. 맞은편 정류장에 최희원이 서 있었다.

"최희원 쟤는 교실에서 찾을 때는 없더니. 언제 나간 거야?"

"아까 두 번째로 나갔어."

"역시 다 보고 있었구먼?"

큼큼, 나는 말을 돌렸다.

"근데 집에 컴퓨터는 있겠지?"

"최희원? 왜? 폰은 없어서?"

"응."

막상 묻고 나니 더 궁금해졌다. 우리는 각자 비건 음식들을 조사해서 다시 수현의 집에 모이기로 했다. 그런데 최희원은 평소에 자료 조사가 필요한 숙제는 어떻게 하고, 인강은 어떻게 듣지? 휴대폰이 없고 인터넷을 사용하지 않으면 어떻게 살 수 있는 걸까?

"궁금하면 직접 물어봐."

궁금한 걸 다 물어보려면, 아마 꼬박 하루는 더 걸릴 거다. 이런 내 마음을 알 리 없는 수현이 의미심장한 미소를 지으며 덧붙였다.

"네가 물어보면 다 알려 줄걸?"

"뭐?"

"김유진 역시 모르는군. 재는 네 말이라면 다 듣잖아."

뭐라고? 그때 수현의 동네를 지나는 버스가 도착했다. 나 간다! 수현은 뒤도 돌아보지 않고 버스를 향해 달려갔다. 맞은편에도 버스가 도착했다. 최희원이 그 버스에 올랐다. 두 대의 버스가 서로 다른 방향으로 출발했다.

시립도서관에서 은오를 만났다. 은오는 도서관에 새로 들어온 신간을 보는 걸 좋아했다. 은오를 따라 신간 코너를 구경하던 나는 교양과학 서가로 갔다. 비건, 채식, 기후 위기 같은 키워드로 검색해 보니 자주 언급되는 책들이 있었다. 나는 사람들이 '입문용'이라며 추천한 책을 골랐다.

책을 빌리고 나와 벤치에 앉았다. 은오는 내가 빌린 책들을 천천히 넘겨 보았다.

"진지한 책들이 많네. 학교에서 읽으라고 한 거야?"

"아니, 그냥 궁금해서. 사람들이 왜 채식을 하는지."

비건 음식 레시피를 찾다 보니 자연스레 궁금해졌다. 내 말을 들은 은오는 조금 의외라는 표정이었다. 하긴, 은오는 내가 도시락을 싸서 다니는 건 알아도 채식에 관심이 생긴 것까지는 몰랐을 테니까.

"도시락 싸는 건 안 힘들어?"

"처음엔 그랬는데 이젠 익숙해져서 괜찮아. 그리고 매점 말고 급식실에서 먹으니까 훨씬 나아!"

은오가 조금 흥미롭다는 듯 바라보았다. 괜히 은오 앞에서 학교 얘기를 하는 게 눈치가 보여서, 자세히는 말하지 않은 것들이었다.

"채식 동아리 같은 거 만들면 어때?"

"그 정도는 아냐. 그냥 셋이서 소소하게 하는 거야."

"참여자가 더 많아지면 좋지 않아?"

지금처럼 비공식적인 모임이야 얼마든지 재미로 할 수 있겠지. 하지만 학교에 승인을 받는 동아리가 된다고? 단순히 관심 있는 학생들이 모여서 무언가를 함께하는 일 이상이 될 거였다. 계획서부터 보고서까지, 해야 하는 일들이 넘쳐

날 거다. 그리고 사람이 늘어난다는 건……. 최희원이랑 나 사이에 누가 더 낀다고? 그건 싫다.

"수현이가 그러는데, 최희원이 내 말을 잘 듣는대."

"너 걔랑 말 많이 하나 보다?"

정말 그런가? 셋이 있을 때, 주로 수현이 떠들면 내가 대꾸해 주고 최희원은 듣기만 했다.

"걔도 너 좋아한다고 하면 사귈 거야?"

"으악! 말이 되는 소리를 해!"

"얼굴은 왜 빨개져?"

"네가 이상한 소리를 하니까 그렇지!"

"과민 반응하는 걸 보니 수상한데? 이미 데이트하는 상상까지 해 본 거 아냐?"

은오가 놀리듯 말했다.

"안 사귈 거야! 아무것도 안 할 거야!"

"사귀지도 않을 거, 왜 좋아하는데?"

모르겠어, 그냥 좋아. 그렇게 대답하고 싶지만, 아무래도 은오가 더 놀려 댈 것 같았다. 하지만 아무리 생각해 봐도 달리 할 수 있는 말이 없었다.

"모르겠어. 그냥 그래."

"걔도 너 좋아했으면 좋겠어?"

"그럴 가능성은 없어."

"그건 모르지."

"아냐. 그리고 아주아주 만약에 날 좋아할 거면, 나 모르게 좋아했으면 좋겠어. 너무 많이 좋아하지도 말고."

"뭐가 그렇게 까다로워?"

하지만 난 진심이다. 최희원이 나를 좋아해서 남몰래 속앓이를 하거나 우리가 데이트를 하는 장면 같은 건 잘 그려지지 않았다. 어쩌다 내가 자기를 좋아한다는 사실을 알게 돼도, '그래?' 하고는 다음 날이면 또 아무렇지 않은 얼굴로 나를 대할 것만 같았다. 누군가 자기를 좋아한다는 사실에도, 싫어한다는 사실에도 흔들리지 않는 아이. 아마도 난 그래서 최희원을 좋아하는 게 아닐까?

짝사랑의 끝이 고백이나 연애가 되어야 한다는 건, 누가 정한 법칙일까? 끝내 쌍방향이 되지 않는 애정은 실패한 마음일까?

"하긴. 꼭 뚜렷한 목적이나 이유가 없어도 하게 되는 일들이 있지."

은오가 혼잣말처럼 나지막이 말했다. 어쩐지 그 목소리가, 다정하면서도 무척 쓸쓸하게 들렸다.

13 당근

주말이 되어, 공모 준비를 위해 수현의 집에 모였다.

"와, 나 캣타워 처음 봐. 이 꼭대기 칸까지 올라갈 수 있어?"

"김유진 고알못이구나. 고양이는 못 올라가는 데가 없어."

최희원도 맞는 말이라는 듯 고개를 끄덕였다. 캣타워 말고도 수현의 집에는 인터넷에서만 보던 신기한 물건들이 많았다. 강아지풀처럼 생긴 장난감, 동굴처럼 생긴 작은 집, 골판지로 만든 상자……. 거실 여기저기에 흩어져 있는 것들은 모두 고양이의 물건이었다.

"고양이들은 어디 있어?"

"내 방에 숨었어."

"낯을 많이 가리는구나. 고양이라 그런가?"

"안 그런 고양이도 있어."

최희원이 진지한 표정으로 끼어들었다. 하긴, 사람도 성격이 다 다른데 동물이라고 똑같이 행동할 이유는 없겠구나.

우리는 수현이 가져온 간식을 먹으며 공모 얘기를 시작했다. 논의 끝에 정한 후보는 표고버섯튀김이었다. 인터넷에서 버섯튀김을 검색하니 이미 많은 레시피가 있었다.

"이걸로는 경쟁력이 없겠는데. 정말 브로콜리라도 튀겨야 하나?"

수현이 브로콜리튀김을 검색했다. '브로콜리'와 '튀김'이라는 키워드가 하나씩만 들어간 검색 결과가 나올 거라는 예상과 달리, 정말로 브로콜리튀김에 대한 게시글이 나왔다. 생각보다 많은 사람이 브로콜리튀김을 먹고 있었다. 크흠, 옆에서 최희원이 목을 가다듬었다.

"미야옹."

등 뒤에서 무언가 가냘프게 우는 소리가 들렸다. 사진에서만 본 삼색 고양이, 삼순이였다.

"궁금해서 구경 왔군."

"처음 데려왔을 때보다 좀 큰 거지? 사진에선 되게 작아

보이더니."

"응. 더 어릴 때도 봤으면 좋았을걸. 원래는 요만했어."

수현이 작은 공을 쥐듯 두 손을 가깝게 모아 보였다. 나를 빤히 보던 삼순이가 다가왔다. 놀라울 만큼 작은 코가 냄새를 맡는 듯 움찔거렸다. 기다란 꼬리를 살랑살랑 흔들며 나를 탐색하던 삼순이는 내 무릎에 뺨을 비볐다.

"김유진이 마음에 드나 봐."

"정말?"

"응. 자기 거라는 뜻이야."

최희원이 뭔가를 기대하는 눈으로 보고 있었다. 나와 수현 사이에서 맴돌던 삼순이의 시선이 최희원을 향했다.

깜빡, 하고 최희원이 눈을 느리게 감았다 떴다. 동그란 삼순이의 눈이 조금 가늘어지더니, 세모 모양이 되었다. 지난번에 최희원이 준 폴라로이드 사진 속 고양이와 비슷한 표정이었다. 삼순이는 당장이라도 흥, 하고 코웃음을 칠 것만 같은 눈으로 최희원을 응시했다.

"먀옹."

삼순이가 한마디 하고는 소파 위로 타탓, 올라갔다. 그리고 마치 교과서에 나오는 암모나이트 모양으로 몸을 동그랗게 말더니 자기 몸에 고개를 묻었다.

"너희가 마음에 드나 보군."

수현이 흡족한 표정을 지었다. 최희원은 삼순이에게서 눈을 떼지 못했다. 삼순이를 직접 만나 보고 싶었구나. 최희원은 자기가 좋아하는 대상을 바라볼 때, 저런 눈빛이구나.

삼순이의 등장은 짧은 회의를 끝내 버렸다. 삼순이의 낮잠만큼 평화로운 침묵이 흘렀다.

거실 텔레비전에서는 마침 영화 속 요리 장면이 나오고 있었다. 계절이 바뀌는 동안, 주인공이 제철 음식으로 밥을 지어 먹는 내용의 영화였다. 정말 말 그대로, 밥을 지어 먹는 것 말고는 다른 사건이 없었다. 주인공은 정갈하게 차린 한 상을 참 맛있게도 먹었다.

최희원은 양손을 무릎에 올린 채 바르게 앉아, 말없이 화면만 보았다. 소파에 기대 축 늘어진 나나 수현과는 다른 모습이었다. 책 말고 영화도 좋아하는 걸까? 무언가를 집중해서 볼 때는 저런 눈이 되는구나. 교실에서 소설에 몰두할 때와는 조금 다른 느낌이었다. 깜빡. 내 무거운 눈꺼풀이 내려갈 때마다 최희원의 모습이 사라졌다 다시 나타났다.

문득 눈을 떴다. 삼순이의 커다란 눈이 내 얼굴 바로 위까지 다가와 있었다. 삼순이는 언제 나를 지켜보고 있었냐는 듯, 긴 꼬리를 살랑거리며 수현의 방으로 유유히 걸어갔다.

"이제 일어났군."

소파 위에서 수현이 말했다.

"나 잠든 거야?"

나는 몸을 일으켰다. 내 몸을 덮고 있던 담요가 스르륵 흘러내렸다. 텔레비전 화면은 어느새 다른 영화로 바뀌어 있었다.

"나 자는 거 삼순이가 보고 있었어."

꿈처럼 몽롱한 목소리가 나왔다. 아직 비몽사몽인 내 모습이 재미있는지, 수현이 나를 보며 작게 웃었다.

"근데 최희원은?"

"부엌에. 볶음밥 만들어 준대."

마침 달큰한 냄새가 풍겨 왔다. 볶음밥인데 왜 단 냄새가 나지? 완성된 요리를 보자 그 이유를 알 수 있었다. 토마토와 대파, 그리고 간장을 함께 볶아 낸 밥이었다. 수현의 집에서 최희원이 만든 볶음밥을 먹다니. 지금 이게 꿈은 아닐까?

"우리 집 토마토가 이렇게 달았다고? 너, 몰래 케첩 넣었지?"

최희원은 아무렇지 않은 얼굴로 고개만 저었다. 최희원이 만든 볶음밥은 정말 맛있었다. 요리를 곧잘 한다더니, 근거 없는 말이 아닌 모양이었다.

"우리 정 할 거 없으면 이거 내자."

수현이 제안했다.

"그래. 좋은 생각이야."

내가 찬성했다. 깔끔한 결론이었다. 어떻게든 되겠지, 망하진 않을 거야, 하는 공기가 우리 주변을 맴돌았다. 최희원의 눈썹이 작게 꿈틀했다가 원래대로 돌아왔다.

수현의 집에서 나오니, 거리엔 이미 어둠이 깔려 있었다. 내내 간식을 먹고 영화를 보면서 논 탓에, 어떤 요리를 만들지 결정하지 못했다. 우리한테는 토마토 볶음밥이 있어, 괜찮아, 우린 1등 할 거야. 수현은 우리를 배웅하면서 자꾸 했던 말을 반복했다. 별 성과가 없는 오늘의 모임을 애써 위로해 보려는 것 같았다.

버스 안은 조용했다.

"오늘은 이거 쭉 타고 가."

나는 뒷좌석에 앉은 최희원을 돌아보며 말했다. 눈이 마주친 순간, 아차 싶었다. 따라 내릴 생각도 없었는데 괜한 말을 한 건가?

"알겠어."

어차피 내릴 생각도 없었으면서, 내가 민망해할까 봐 대답해 준 건 아니겠지? 아냐, 그럴 리 없다. 최희원은 남의 눈치를 보는 아이가 아니다.

"책 말고 영화도 좋아해?"

아! 혹시 영화 보러 가자는 말로 들리려나? 물론 그러고 싶은 마음이 없는 건 아니지만, 나는 급히 덧붙였다.

"아까 수현이 집에서, 되게 집중해서 보길래."

"그냥 좋아 보여서."

뭐가? 나는 가만히 다음 말을 기다렸다.

"한 끼도 되게 정성스럽게 지어 먹잖아. 나도 그런 어른이 되고 싶어."

최희원이 진지하게 하는 말에, 나는 잠깐 멍해졌다.

고작, 밥을 지어 먹는 어른이라니. 난 선생님이 될 거야. 나는 건물주가 돼서 가만히 앉아서 돈을 벌래. 나는 로또에 당첨되는 게 인생 목표야. 이번 생은 망했고, 다음 생에 내가 진짜 하고 싶은 거 할래. 누군가는 진지하게, 또 다른 누군가는 장난스럽게 하는 얘기들 속에서 밥을 지어 먹는 어른이 되고 싶다고 말하는 사람은 처음 보았다.

밥을 지어 먹는 건 매일 하는 일이니까 쉬워 보이지만, 사실 수고스러운 일이다. 손질하고, 데치고, 찌고, 끓여 내는 일들. 그 모든 과정에는 일정한 시간과 온도, 정성이 필요할 거다. 과정 자체도 어렵겠지만, 손끝으로 완성된 음식이나 재료를 문 앞까지 오게 할 수도 있는데 그걸 마다하는 게 쉽지 않을 것 같다. 우리가 어른이 되면 세상은 또 얼마나 바뀌어 있을까?

어쩌면 한 끼 식사를 대하는 자세가 그 사람의 삶의 태도를 보여 주는지도 모른다. 내가 아는 사람 중 가장 느긋하게 밥을 먹는 최희원이 직접 음식을 만들 때는 어떤 얼굴이 될지, 나는 어렵지 않게 그려 볼 수 있었다. 나는 네가 밥을 천천히 먹어서 좋아, 나도 모르게 그렇게 말해 버릴 것만 같았다. 자꾸만 두근두근했다.

버스에서는 나 혼자 내렸다. 최희원을 태운 버스가 출발했다. 버스를 돌아보고 싶었지만, 꾹 참은 채 건널목을 건넜다.

아까 우리가 본 영화 속에서 주인공은 고기 반찬을 한 번도 먹지 않았다. 나는 영화가 다 끝나 갈 즈음에서야 그 사실을 알아챘다. 언제부터 고기가 없는 밥상이 어색해 보이지 않게 된 걸까?

14 애호박

도서관에서 빌려 온 책들을 거의 다 읽었다. 아침 독서 시간, 쉬는 시간, 잠들기 전. 그렇게 틈틈이 책을 읽으면서 나는 내가 모르던 세상을 발견하게 되었다. 지구를 위해, 동물을 위해, 혹은 개인의 건강을 위해서 육식을 줄여야 한다고 말하는 사람들이 이미 많았다. 전에는 왜 알지 못했는지 의아할 만큼.

이렇게 채식을 실천하는 사람들의 이야기를 읽으니, 이상한 착각마저 들었다. 이 세상 사람 모두가 채식을 하는 것만 같은 착각.

"도서관에서 빌린 거야?"

반장이 내 옆을 지나치다 물었다. 나는 반장에게 책 표지에 있는 바코드 라벨을 보여 주었다.

"응. 왜?"

"주말에 가서 그 책 찾았는데 없더라."

"정말? 신기하다."

반장과 나는 같은 동네에 사니까. 언제인가 은오와 도서관 열람실에 갔다가 반장을 본 적도 있었다. 그런데 내가 빌린 책을 반장도 읽으려고 했다니. 그것도 기후 위기에 대한 책을? 갑자기 하고 싶은 얘기가 샘솟았다.

"여기 봐 봐. 작가가 통계를 냈는데, 자기 나라에서는 한 사람이 평생 먹게 되는 닭이 천 마리가 넘는대. 천 마리라니. 우리 교실 안에도 다 못 넣을 것 같은데, 그렇게 많은 걸 한 명이 다 먹는 거래!"

아무리 생각해도 너무 잔혹하다. 온몸에 소름이 오소소 돋는 듯했다.

"난 생각보다 적은 것 같은데? 1인 1닭, 이런 말이 유행하는 거에 비하면."

반장의 말이 더 충격적이었다. 그렇게 생각할 수도 있겠구나. 세상에, '1인 1닭'이라니, 어휴, 한숨을 쉬며 고개를 내젓다가 아이들의 시선을 느꼈다. 반가운 마음에 너무 크게 떠들었나?

"암튼. 나 거의 다 읽었어. 읽고 너 빌려줄까?"

"예약 걸어 놓긴 했는데, 네가 주면 좋지."

"알겠어!"

"이것도 읽어 봐."

반장이 자기 휴대폰 화면을 보여 주었다. 나는 책 제목을 받아 적었다. 제목을 보니 동물권에 관한 내용 같았다.

"다 읽고 어땠는지 얘기해 줄게."

"그래."

반장이 픽 웃고는 자기 자리로 돌아갔다. 애들이 자꾸 힐끔거렸지만 그냥 무시했다. 나 방금 반장이랑 너무 친해 보였나? 혹시, 설마?

최희원의 자리를 돌아보았다. 다행히 최희원은 오늘도 주변을 완벽하게 차단한 채 책 읽기에 빠져 있었다. 하루에도 몇 번씩 슬쩍 돌아보지만, 최희원과 눈이 마주친 적은 없다. 최희원은 교실에서 나를 지켜볼 때가 한순간도 없을까? 내가 틈만 나면 자기를 몰래 돌아본다는 사실을, 정말 새까맣게 모를까?

나는 은오에게 문자를 보내 같이 도서관에 가 줄 수 있는지 물었다. 학교 끝나고 학원 수업까지는 여유가 조금 있었다. 도서관에서 책을 빌리고 같이 간단하게 저녁까지 먹을 수 있을 거였다.

좋아

학교 마치고 보자!

은오네 집과 우리 집의 중간 지점에 늘 만나는 정류장이 있다. 시간을 아낄 겸, 걷지 말고 버스를 타고 갈까? 그런 고민을 하면서 혼자 교정 언덕길을 내려오는데 정문에 누군가 사복 차림으로 서 있었다. 은오였다.

은오는 평소에 늘 메고 다니는 책가방도 메지 않은 채였다. 자기 몸의 반을 넘게 가리는 커다란 바람막이에 조거 팬츠, 흰 운동화. 머리에는 멀리서도 한눈에 들어오는 새파란 야구 모자를 쓴 채로, 은오는 교문을 나서는 아이들을 구경하듯 지켜보고 있었다. 은오와 나의 시선이 마주쳤다.

"어? 유진!"

"왜 여기 있어?"

나도 모르게 조금 날카로운 목소리가 나왔다. 반갑게 손을 흔들던 은오가 멈칫했다.

"너 기다렸지."

"나는 동네에서 만나는 줄 알았어."

"아아, 우리 어디서 볼지 얘기를 안 했구나."

더 일찍 보면 좋잖아, 은오가 변명하듯 덧붙였다. 나는 말없이 우리 동네 방향으로 걸었다.

은오는 길을 걷는 내내, 인터넷 기사에서 봤다는 시답잖은 소식들만 늘어놓았다. 은오는 자퇴를 하고 나선 처음으로 학교에 온 거다. 그런데도 학교 얘기를 꺼내지 않는 게 이상해 보였다. 오랜만에 학교에 오니 기분이 어때? 너 알아보고 인사하는 애들은 없었어? 묻고 싶은 말들이 입안에서만 맴돌았다. 내가 온종일 지내는 장소인 '학교'가 우리 사이에선 금지어라도 된 것처럼, 나는 자꾸만 은오 앞에서 말을 고르게 된다.

도서관에서 반장이 말한 책을 빌렸다. 은오는 가방도 없으면서 책을 다섯 권이나 빌렸다.

도서관 벤치에 앉았다. 화단 옆 길가에 어느덧 낙엽이 쌓여 있었다. 계절이 바뀐다는 건 곧 시간이 흐른다는 거니까, 아침 공기나 거리 풍경이 조금씩 달라지는 게 보이면 마음이 초조해졌다. 이렇게 정말 수험생이 되는 걸까?

"낙엽 소리 좋다."

은오는 모자를 벗어 옆에 내려놓았다. 은오가 벤치 위에 올려놓은 책들이 눈에 들어왔다. 고전 소설 둘, 시집 하나, 그리고 서양 미술사 책과 얼핏 제목만 봐서는 내용을 가늠할 수 없는 수필집이었다.

"상대방을 잘 알고 싶으면, 그 사람이 감명 깊게 읽은 책을 따라 읽는 것도 좋은 방법인 것 같아."

아까 반장과 대화를 하고 나서 문득 든 생각이었다. 반장이 내가 빌린 책을 찾았다고 했을 때, 나는 그 어느 때보다 반장이 가깝고 친근하게 느껴졌으니까. 은오 넌 요즘 무슨 생각을 자주 해? 나는 그렇게 묻고 싶은 눈으로 은오를 바라보았다. 은오의 시선은 저 멀리, 바깥 거리를 향해 있었다.

"너는 내년에 고3 되면 책 읽을 시간도 없어지겠다."

어쩐지 무심하게 느껴지는 말투였다. 은오의 말이 우리 사이에 선을 긋는 것만 같았다.

"내가? 왜?"

"공부하느라 바쁘잖아."

해가 넘어가면서 온 거리를 붉게 물들이고 있었다. 노을빛을 비스듬히 받은 은오의 얼굴 위로 평소와는 다른 음영이 졌다. 그래서인지 내가 원래 알던 얼굴이 아닌, 다른 사람의 얼굴처럼 조금 낯설어 보였다.

아까 교문 앞에 이방인처럼 우두커니 서 있던 은오는 내 친구가 아닌 것만 같았다. 오늘 은오가 빌려 온 책만큼이나 어색하게만 느껴졌다. 언제부터 은오와 나 사이에 모르는 것이 이렇게나 많아진 걸까?

하지만, 그것도 결국 은오가 선택한 것 아닐까?

"있잖아."

"……."

"계속 고민해 봤는데 나는 수능 안 칠 것 같아. 가고 싶은 대학도 없고, 대학에서 배우고 싶은 게 없어."

은오가 담담히 말했다. 이미 마음을 다 정리한 듯 분명해 보였다.

이번에도 혼자 결정해 놓고, 나에겐 통보만 하는 거야? 우리가 어렸을 때, 나중에 어른이 되고 대학에 가면 같이 하자고 약속한 것들. 그런 것들이 이제 너한텐 아무것도 아냐? 어쩐지 화가 났다.

"그럼 뭘 하고 싶은데?"

"……그걸 이제야 나한테 묻는구나."

은오가 대답했다. 비꼬거나 원망하는 게 아닌, 그저 조금 가라앉은 목소리였다. 그런데도 그 말이 나를 아프게 찔러 대는 것만 같았다.

"너는 내가 자퇴했을 때도 그랬어. 나한테 왜 학교를 떠나냐고 묻지 않았잖아."

"그럼 뭐가 달라졌어? 지금 나를 탓하고 싶은 거야?"

"아니, 탓이라니. 난 지금이 좋아. 만족스러워. 시간을 돌려도 똑같은 선택을 할 거야."

왜 진작 묻지 않았냐고? 그러는 넌 학교를 관두고 싶다고, 자퇴서를 내기 전에 나한테 한 번이라도 털어놓은 적 있어?

당장 쏟아 내려던 말이, 지금이 좋다는 은오 앞에서 힘을 잃어버렸다.

"……왜 그만뒀는데?"

"왜 남들이 하는 대로 하면서 살아야 하는지 모르겠어. 지금 여기서 잠깐 멈추지 않으면, 평생 그렇게 살 것 같더라."

그럼 왜 안 돼? 그게 뭐가 나빠?

자꾸만 삐딱한 질문만 떠올랐다. 지금 은오가 하는 말 중에 그래, 그랬구나, 무슨 마음인지 알겠어, 답할 수 있는 말이 하나도 없다니.

중학교, 고등학교에 오면서 조금씩 달라졌지만 내 기억 속 초등학생 서은오는 질문이 많은 아이였다. 왜 그렇게 생각해? 왜 그렇게 해야 해? 모두가 당연하게 따르는 일들에 자꾸만 물음표를 붙이면서 이유나 의미 같은 것들을 찾아내려고 했다. 처음에는 아무도 하지 않는 질문을 하는 은오가 재밌고 또 똑똑해 보였지만, 점점 질문이 많은 아이를 대하는 사람들의 눈총을 함께 감당해야 하는 게 불편해졌다. 은오는 다시 그때로 돌아가려는 걸까? 어차피 죽을 건데 왜 살아? 밥은 왜 먹어야 하지? 안락한 집과 많은 돈이 왜 필요하지? 그렇게 일일이 의문을 가지고 따지다 보면 하루라도 제대로 살아갈 수 있을까?

"학교가 문제는 아닐 수도 있지. 그냥 나라서, 나니까 학교가 힘들었던 건지도 몰라."

"……."

"유진이 너만 해도 아무렇지 않게, 착실하게 잘만 지내잖아."

맞아, 난 별로 불만이 없어. 여태 무난하게 잘 지내 온 것처럼, 몇 달이 지나면 난 고3이 되겠지. 원하는 대학에 가는 것이 가장 중요한, 수능과 관련이 없는 일을 할 때마다 약간의 죄책감과 조바심을 느껴야 하는, 익숙하고 평범한 고3이 되어 있겠지.

나는 은오의 얼굴을 바라보았다. 여전히 낯설게만 보였다.

15 시금치

등굣길에 맞는 아침 바람이 차가워졌다. 복도를 오가는 아이들은 개춥다 하며 툴툴거렸다. 얇은 외투를 입는 아이들이 많아졌다. 최희원도 회색 후드를 걸치기 시작했다.

"봄에도 입던 옷이네."

"후드?"

"응."

"그걸 기억해?"

"응."

그야 나는 널 지켜보고 있었으니까. 나는 비어 있는 최희원의 앞자리에 앉았다.

"필통 구경해도 돼?"

최희원이 고개를 끄덕였다. 필통 안에는 꼭 필요한 것들만 담겨 있었다. 지우개의 종이 껍질이 벗겨지거나 찢어지지 않은 걸 보면 매번 조심해서 쓰는 모양이었다. 나는 형광펜을 꺼냈다.

"여기 써 봐."

최희원이 노트를 내밀었다. 형광펜 뚜껑을 열었지만, 뭐라고 써야 할지 떠오르지 않았다. 나는 짧은 선을 몇 개 그었다가, 동그라미를 마구 겹쳐서 그렸다. 엉킨 실타래 같은 모양이 지금 내 머릿속과 비슷했다.

"고양이 그려 볼까?"

뾰족한 세모 귀, 이마의 M 자 무늬, 동그란 눈, 코와 시옷 모양 입, 수염을 그리니 꽤 고양이 같아 보였다.

"고등어 고양이인가?"

최희원이 물었다.

"그럼 뺨에도 무늬가 있어야지. 너 고등어 고양이 좋아해?"

좋아한다고 하면 양 뺨에도 줄무늬를 두 개씩 더 그려 줄 생각이었다. 최희원은 유심히 보기만 했다. 그림이 아니라 나를.

"무슨 일 있어?"

"나?"

최희원이 고개를 끄덕였다. 처음 보는 눈빛이었다. 갑자기 주변 소음이 잦아드는 듯했다. 아이들의 시끄러운 말소리가 낮게 웅웅거리는 소리로 변했다.

"친구가 계속 연락이 안 돼. 톡 보내도 안읽씹……. 아니 그러니까, 아예 확인도 안 하고."

은오는 원래 휴대폰과 친하지 않다. 평소에도 내가 먼저 메시지를 보내면 뒤늦게 답장을 할 때가 많았다. 하지만 이번에는 무언가 달랐다. 아무래도 도서관에서 한 대화가 신경 쓰였다.

"친한 친구?"

"응. 서은오라고, 내 절친이야."

은오가 최희원을 모르는데 최희원이라고 은오를 알까? 어쩌면 자퇴생 서은오는 들어 본 적 있을 수도.

"……남자애?"

"응? 아니. 여자애지! 절친이라니까."

남자애의 '안읽씹'과 여자애의 '안읽씹'은 의미가 다른가? 왜 이 시점에 성별을 묻는지 알 수 없었다. 나는 아까 그린 고양이의 머리 위에 리본을 그려 넣었다.

"다퉜어?"

"다툰 건가? 잘 모르겠다."

교실에서 이렇게 가까이 앉은 건 처음이라 그런가? 시선을 마주하기가 조금 어색했다. 나는 고개를 숙인 채 고양이 그림만 계속 바라보았다.

"걱정돼?"

"내가? 은오를?"

"응."

아니! 내가 왜? 걔는 나랑 떨어져서 혼자서도 잘 사는데? 울컥할 뻔했다. 덜컥 얘기를 꺼내긴 했지만, 은오의 자퇴부터 그간의 일들까지 시시콜콜 다 말할 순 없었다. 아무리 좋아하는 애라고 해도 이건 은오와 나의 일이니까.

"저기, 의자 좀 비켜 줘."

반장이 분리수거함을 들고선 우리를 보고 있었다. 최희원이 말없이 의자를 당겨 앉자, 반장이 뒤쪽 구석에 깨끗하게 비워진 분리수거함을 내려놓았다. 지금은 청소 시간도 아닌데. 어수선한 교실에서 혼자 솔선수범하는 반장을 보니 마음이 더 무거워졌다. 은오도 초등학생 때는 반장을 자주 했는데……. 어쩌다 자기가 학교랑 맞지 않다고 생각하게 된 거지?

다음 수업이 시작됐다. 하지만 내용이 하나도 귀에 들어오지 않았다.

우리 반 아이들을 조심스럽게 돌아보았다. 지금 이 교실 안의 모두는 각자 다른 생각을 하고 있겠지? 모두가 다른 어제를 보냈을 테고, 저마다의 고민과 관심사가 있겠지. 그런데도 우리는 왜 당연하다는 듯이 이 교실에서 앉아 있는 걸까? 지금 이 수업이, 누군가에겐 의미 없는 일일까? 은오는 그래서 학교를 떠난 걸까?

은오가 자퇴서를 냈다는 사실을 알고 나서, 나는 은오에게 아무것도 묻지 않았다. 이미 내린 결정에 뒤늦게 이유를 찾기 싫었다. 가족에게, 선생님에게, 다른 친구들에게 비슷한 질문을 수없이 받았을 은오를 나까지 괴롭히기 싫었다.

그러면서도 등교를 하다가, 급식을 먹다가, 은오네 반 교실을 지나치다가, 문득문득 나는 어떤 가능성을 자꾸만 떠올렸다. 은오네 집에 일이 있는 게 아닐까? 사실은 어디가 아픈 걸까?

나는 은오가 학교를 떠난 이유를 학교가 아닌 다른 곳에서만 찾으려고 했다. 이유는 이 교실 바깥에 있어야 했다. 은오에게 학교가 지긋지긋하고, 나쁜 곳이 아니어야 하니까. 서은오가 나를 그런 곳에 혼자 내버려두고 갔다는 사실을 받아들이는 것은 너무 괴로우니까.

최희원의 자리를 돌아보았다. 우리는 눈이 마주쳤다.

금방이라도 눈물이 왈칵 쏟아질 것 같았다. 나는 얼른 고개를 앞으로 돌렸다.

16 오이

담임이 나와 수현을 교무실로 불렀다. 수현과 함께 불려 온 건 처음 있는 일이었다. 우리는 교무실 한쪽 소파에 앉았다.

"너희, 언제까지 도시락을 싸 올 거야?"

우리를 나무라는 게 아니라는 걸 전하고 싶은지, 선생님은 평소보다 더 부드러운 목소리였다.

"왜 저희만 부르셨어요? 최희원도 같이 도시락 먹는데요."

수현이 눈을 동그랗게 뜨고 말했다.

"희원이랑은 학기 초에 면담을 했지. 고기를 못 먹는다고 하던데?"

"저희도 그래요."

사실 못 먹는 게 아니라 안 먹는 거지만. 나는 굳이 내 말을 정정하지 않았다.

담임은 갑자기 조금 곤란한 표정으로 안경테만 만지작거렸다. 이제 담임이 왜냐고 물어볼 차례 아닐까. 나는 뭐라고 대답해야 더 이상 간섭을 받지 않을지 가늠해 보았다. 어떤 사람들은 '난 고기 안 먹어.'라는 말을 '고기를 먹는 사람은 나빠!'라는 말로 받아들이는 것 같다.

"채식만 나오는 날도 있잖아."

"한 달에 한 번밖에 안 돼요."

흐음, 담임의 표정이 복잡해졌다.

"우리 집 꼬맹이도 말이야. 초등학교 5학년인데, 어디서 뭘 보고 와서는 고기를 안 먹겠다고……. 그게 요즘 유행이니?"

"오호, 그러게요? 유행인가 봐요."

수현이 장난기 가득한 얼굴로 씩 웃었다. 정말이냐고 묻는 듯한 눈으로 담임이 나를 바라보았다. 나는 고개를 끄덕였다.

담임은 별말 없이 우리를 돌려보냈다.

"담임이 야단치려고 부른 줄 알았어."

내가 말했다.

“잘못도 아닌데 야단은 무슨. 근데 선생님네 꼬맹이는 어디서 뭘 본 거지?”

“동물을 좋아하는 아이 아닐까?”

“어쩌면 같은 반에 좋아하는 친구를 따라서 안 먹는 걸지도?”

“조용히 하지?”

이런저런 가능성을 떠올려 보는 사이 교실에 도착했다. 아이들은 분주해 보였다. 다음 시간에 제출해야 하는 수행평가 때문인 듯했다. 과제에 집중한 아이들에게선 열기라도 뿜어져 나올 것 같았다. 교무실에서 했던 대화가 갑자기 조금 우습게 느껴졌다. ‘유행’이라니. 적어도 우리 반 아이들은 채식이나 동물권 같은 데 관심이 없는 것 같다. 몇 달 전 내가 그랬듯이. 시간이 아무리 흘러도 고기를 먹지 않는 사람의 수는 먹는 사람의 수를 따라잡지 못할 거다. 그런데도 우리는 왜 채식의 날을 더 늘리고 싶어 하는 거지? 그건 정말 의미가 있는 일일까?

나도 수행평가 노트를 펼쳤다. 실수한 부분은 없는지 마지막으로 다시 살폈다. 중요한 과제를 할 때마다, 최선을 다했다고 자신하면서도 처음부터 다시 한다면 훨씬 더 잘할 수 있을 거란 생각이 든다. 이 정도면 됐지, 충분해. 나 자신에게 그렇게 말해 본 적이 없는 것 같다. 결국 나는 어떻게 하든 만족할 수 없는 건지도 모른다.

은오가 옆에 있다면 묻고 싶었다. 지금 내가 어때 보여? 수행평가가 너에게는 중요하지 않은 일일 테니, 거기에 전전긍긍하는 건 네 눈에는 그저 지나쳐 보이겠지?

하지만 은오야, 나는 방법을 몰라. 매 순간, 내 앞에 놓인 과제를 열심히 하지 않는 방법 말이야. 그렇게 살 수도 있다고, 그렇게 살아도 괜찮다고 어디에서도 배운 적 없지 않아?

종례가 끝나고 교무실에 다녀오니 교실은 비어 있었다. 은오와 다닐 때는 혼자 하교하는 날이 손에 꼽을 정도였지만, 이제는 혼자 집에 가는 게 더 익숙해졌다. 교문을 나서자, 최희원이 건널목에서 신호를 기다리고 있었다.

"늦게 나왔네."

최희원이 나를 발견하고는 말했다.

"교무실 갔다 왔어."

"왜?"

"수행평가 점수 다시 확인하느라."

신호가 바뀌고, 우리는 건널목을 건넜다. 최희원은 늘 버스를 타는 정류장을 지나쳐 나를 따라 걷고 있었다.

"버스 안 타?"

"너는 참고서 어디서 사?"

"왜? 사려고?"

최희원이 고개를 끄덕였다.

"우리 동네에 큰 서점 있어."

"종류 많아?"

"웬만한 건 다 있어."

"그래."

지금 거길 가겠다는 뜻인가? 최희원은 내 옆에서 말없이 걷기만 했다. 뭐지, 이건?

"넌 학원 안 다녀?"

말을 꺼내고 나서야 아차, 했다. 학원에 가야 하니 그만 헤어지자는 뜻으로 들렸으면 어쩌지? 학원 1교시까지는 시간이 꽤 남아 있었다.

"응. 넌?"

"나는 그냥 집 근처 다녀. 그…… 넌 집에 가면 뭐 해?"

"책 읽고 공부해. 산책하고."

"강아지 키워?"

"아니."

"그럼 누구랑 산책해?"

"그냥 혼자."

넌 혼자 걸을 때 무슨 생각을 해? 학교 말고 다른 곳에서, 내 생각을 한 번이라도 해 본 적 있어? 어차피 묻지도 못할 말들이 머릿속을 맴도는 사이 우리는 서점 앞에 도착했다.

"여기 1층부터 2층까지야. 참고서는 2층."

"……."

1교시 수업은 요령껏 말만 잘하면 벌점을 받지 않고 그냥 넘어갈 수도 있다. 좋아, 오늘 1교시는 버린다.

"나도 살 거 있긴 한데."

"같이 가."

입구로 들어서자, 근처 여고 교복을 입은 애들이 드문드문 보였다. 이러다 우리 학교 애들이랑 마주치는 거 아냐? 차라리 마주쳐서 2학년 1반 김유진이랑 최희원이 무슨 무슨 사이라고 소문이라도 난다면……. 그래도 최희원은 별 신경도 안 쓰겠지.

"칫."

"뭐?"

"아냐."

왜 속마음이 튀어나온 거지? 나는 황급히 고개를 저었다.

각자 책을 골라 계산을 마치고 나오니 학원 수업이 시작할 시간이었다.

"학원 가야 하지? 잘 가."

"아니!"

최희원은 조금 놀란 듯했다. 갑자기 너무 크게 말했나? 큼큼. 나는 목을 가다듬었다.

"뭐 마실래? 내가 사 줄게."

"왜? 내가 살게."

"아냐! 우리 동네에 온 기념."

내가 생각해도 참 구차한 이유였지만, 최희원은 아무런 대꾸 없이 나를 따라왔다. 서점에서 조금 더 걸어 디저트 가게에 도착했다. 나는 자몽주스, 최희원은 청포도에이드를 골랐다. 우리는 창가 옆자리에 앉았다. 가게의 백색 조명이 너무나도 환했다. 이렇게 밝은 곳에서 마주 보고 있다니.

오늘 학원 안 와?

반장에게서 메시지가 왔다.

오늘 1교시 명진 쌤 국어 맞지?

응, 맞아

나 1교시 마치고 가려고!

휴대폰을 주머니에 집어넣었다. 고개를 들자, 최희원이 나를 빤히 보고 있었다.

"그 친구?"

"은오? 아니."

내가 한 얘기를 아직 기억하고 있다고? 고작 며칠 전 일이니 그걸 잊어버리는 게 더 이상하지만. 좋아하는 사람한테는 정말 사소한 것에도 의미를 찾고 기뻐하게 된다. 은오가 있었다면, 지금 이 두근두근하는 마음도 은오에게 그대로 쏟아 냈을 텐데.

나는 마음이 다시 무거워지기 전에 말을 돌렸다.

"근데, 저번에 말한 꿈 일기 있잖아."

"응."

"넌 꿈이 뭔가를 예언해 준다고 생각해?"

"별로."

"맞아. 나도 그래."

왜 사람들은 꿈을 해몽하려고 애쓰는 거지? 꿈이란 미래의 길흉을 알려 줄 때만 가치가 생기는 걸까? 왜 사람들은 꿈에서 도움이 될 만한 정보만 찾아내려고 할까?

"미래보다는 현재랑 관련 있지."

최희원이 차분히 말했다.

"지금 내 무의식 속에 무엇이 들어 있는지 보여 주는 거니까. 꿈을 이해하려고 하는 건 현재를 잘 살려고 하는 일 같아."

"……."

요즘 내가 자주 꾸는 꿈은 은오가 나오는 꿈이다. 은오가 자퇴한 후로 비슷한 꿈을 종종 꾼 것 같다. 꿈속에서 은오는 다시 학교로 돌아온다. 내가 아무리 다가가서 말을 걸어도 나를 본 체도 하지 않는다. 그 꿈에서 은오는 너무나 야속하게만 느껴진다.

"너 가야 하지 않아?"

"아, 응."

1교시가 끝날 시간이 가까워지고 있었다. 다음 수업도 빼먹고 싶지만 까딱하면 집으로 전화가 갈 수도 있었다. 언제 또 이렇게 학교 밖에서 최희원과 둘만 있는 기회가 생길까. 그런 생각을 하니 옅은 한숨이 절로 나왔다.

최희원이 가방에서 포스트잇과 펜을 꺼냈다. 거기에 무언가 적어 나에게 내밀었다.

"우리 집 전화."

그러고 보니 숙제 같은 게 있으면 알려 달라고 했었지. 나는 말뿐이라도 좋았는데, 빈말이 아니었던 모양이다. 포스트잇을 조심스레 받아 들었다. 너무 설레고 벅차면 이런 기분이 드는 걸까? 괜히 울컥 눈물이 나올 것만 같았다.

가게 앞이 정류장이었다. 이럴 줄 알았으면 더 멀리 가는 건데. 정말 헤어질 생각을 하니 자꾸 아쉬운 마음이 끼어들었다. 도로 건너, 줄지어 느리게 가는 차들을 보던 최희원이 말했다.

"아무 때나 해도 돼."

"뭘?"

"전화 말이야."

그때 버스가 도착했다. 갈게, 최희원이 버스에 올랐다. 창가에 앉은 최희원이 이쪽을 보았다. 나는 작게 손을 흔들어 보였다. 버스가 출발했다.

내 휴대폰에 붙여 둔 포스트잇을 떼어 내서, 조심스럽게 양손으로 포갰다. 혹여나 바람에 날아가 버릴까 봐, 얼룩이 묻어 지워져 버릴까 봐 두 손바닥 사이에 소중히 담았다. 내가 정말 최희원의 집에 전화를 걸 수 있을 거란 생각은 들지 않았다. 나는 그저, 이 포스트잇을 잘 간직하고 싶었다. 삼색 고양이의 사진과 함께.

휴대폰을 열자 여러 개의 메시지가 떴다.

어디길래?

얼른 와

이건 반장. 어차피 학원에서 곧 볼 테니 답장은 안 해도 될 것 같다.

김유진

옆에 있는 애가 최희원?

은오였다. 근처에 있는 건가? 주변을 둘러보았지만 은오는 보이지 않았다. 나는 은오에게 전화를 걸었다. 신호음이 길게 이어졌다. 전화를 끊으려는데, 신호음이 멈췄다.

"응, 유진아."

"너 어디야? 나 봤어?"

"너 서점 갔었지? 나 거기 3층 카페야."

은오도 서점에 있었다고? 심장이 쿵쿵 뛰었다.

"왜 안 불렀어?"

"모르는 남자애랑 있길래. 걔가 그 애 맞지?"

"……."

"나 근데 스터디 중이라서. 나중에 다시 연락할게."

"스터디? 무슨?"

"나중에. 끊을게!"

전화가 끊어졌다. 나는 조금 멍해진 기분으로 거리에 서 있을 뿐이었다. 무슨 스터디? 누구랑?

은오가 나와 모르는 사람들과 있다. 은오도 이런 기분이었을까?

17 청경채

은오와의 일로 마음이 뒤숭숭 복잡하긴 했지만, 더는 공모 준비를 미룰 수 없었다. 나는 그동안 회의를 하며 나눈 대화들을 정리해 보았다.

1. 우리 셋 중에서 요리를 제대로 해 본 사람은 최희원 하나. (중요!)
2. 새로운 레시피를 만드는 것은 너무 어려움. 대신 고기가 주재료인 음식에서 고기를 빼고 다른 재료로 대체하는 방식으로! → 실제로 가능한 조리법인지, 우리가 기대하는 맛이 날지는 해 봐야 알 수 있음.

3. 최희원은 닭강정에 있는 떡을 좋아한다. 그렇다면 닭강정 소스를 좋아하는 게 아닐까? (이건 그냥 개인적인 궁금증임. 큼큼.)
4. 수현도 찜닭만큼 양념치킨을 좋아했다고 했다.
5. 지난번 채식의 날에 나온 버섯탕수를 탕수육인 줄 알았다면서 놀라는 애들이 있었다. 역시 튀김옷을 입히면 더 맛있어지고, 채소에 대한 거부감도 줄어들 수도?

나는 3번을 제외한 내용을 두 사람에게 설명하고, 짧은 회의를 했다. 우리 셋은 채소를 굽거나 튀긴 다음 양념치킨 소스를 입힌 강정을 만들어 보기로 했다. 드디어 메뉴를 결정하고, 다시 수현의 집에 모였다.

"어머니한테 소스 만드는 방법 배웠어."

최희원이 쪽지를 꺼내 보였다. 단정한 글씨체로 레시피가 적혀 있었다. 고추장과 케첩, 간장, 설탕, 다진 마늘 그 밖에 다른 몇 가지 재료를 어떤 순서로 얼마나 섞어야 하는지, 자세하게 나와 있었다. 수현은 내가 불러 주는 재료를 하나씩 꺼내 식탁에 늘어놓았다.

"자, 다음은 간장이야."

"간장도 한 숟갈이야?"

"응, 맞아."

"왜 긴장되지?"

숟가락을 든 수현의 손이 달달, 떨렸다. 나도 덩달아 숨을 죽였다. 쪼로록, 간장이 숟가락을 타고 조금 더 흘러넘쳤다.

"헉! 한 숟갈 넘었는데? 망한 건가?"

"조금 짜게 되려나?"

"그 정도는 괜찮아."

호들갑을 떠는 우리를 지켜보던 최희원이 말했다. 너무 요리 초보 같아 보였으려나? 조금 머쓱해졌다. 수현이 냉동실에서 꺼낸 다진 마늘을 어떻게 녹일지 걱정할 때도, 최희원이 그냥 넣어도 된다고 했다.

어쨌든 강정 소스가 완성되었다.

"오! 이거면 진심 양념치킨 시켜 먹을 필요가 없지."

소스를 맛본 수현이 흡족해하며 말했다. 다음으로 우리가 선택한 재료는, 바로 고구마였다. 표고버섯, 연근, 가지, 심지어 브로콜리까지 여러 후보가 있었지만 결국 고구마를 선택한 이유는 단순했다. 수현의 집에 선물 받은 고구마가 한 가득 있다는 것.

"한 입 크기로 잘라 줘!"

수현이 주문하자, 과도를 든 최희원이 멈칫했다.

"사람마다 한 입이 다 다른데."

"이 정도! 됐냐?"

수현이 손가락으로 동그라미를 만들어 보였다. 최희원이 천천히 고구마를 썰기 시작했다.

"손 조심해!"

"응."

김유진 눈 빠지겠군. 조마조마해하며 최희원의 칼질을 지켜보는 나를 보고는 수현이 한마디 했다.

"크기 이 정도면 괜찮아?"

"응. 딱 좋아!"

"나 참. 김유진 말만 듣는군."

수현이 다시 고개를 내저었다. 그거야 네가 자꾸 툴툴거리니까 그렇잖아, 타박하면서도 괜히 기분이 좋아졌다.

먹기 좋게 자른 고구마를 수현이 오븐에 집어넣었다. 조금 뒤 달콤한 군고구마 냄새가 퍼지기 시작했다. 삼순이는 우리가 뭘 하는지 궁금해하면서 자꾸 주변을 맴돌았다.

고구마가 다 구워지기를 기다리는 동안, 각자 고구마 취향을 공유했다. 수현은 밤고구마, 나와 최희원은 호박고구마 파였다.

"그럼 찐 고구마랑 찐 감자 중에서는 뭐가 더 좋아?"

수현이 갑자기 감자를 등장시켰다.

"당연히 고구마지. 고구마가 더 달잖아."

"감자의 매력을 모르는군. 최희원 넌?"

"둘 다 좋은데."

"아니, 그러니까 둘 중에 뭐가 더 좋냐고."

최희원이 잠깐 고심하는 표정을 지었다.

"비슷해."

"아오."

수현이 답답하다는 얼굴로 고개를 내저었다.

그 틈에 군고구마가 완성됐다. 최희원이 노릇하게 구워진 고구마를 소스와 함께 볶았다. 치킨집에서 나는 냄새가 진동했다. 최희원이 요리를 하는 동안, 나는 레시피에 넣을 사진을 열심히 찍었다.

드디어 요리가 완성되었다.

"맛없으면 솔직하게 얘기하기다."

수현이 진지하게 말했다. 고구마와 양념 소스, 맛있는 애들끼리 만났는데 맛이 없을 수가 있을까? 그런데도 수현과 나는 조금 긴장한 눈빛을 주고받았다. 우리 중 가장 무덤덤한 최희원이 먼저 맛을 보았다. 도시락을 먹을 때도 늘 그러듯이, 최희원은 진지한 얼굴로 입을 다문 채 음식을 천천히 씹었다. 나는 조금 떨리는 목소리로 물었다.

"어때?"

"뜨거워. 조심해."

그러는 넌 괜찮아? 물 가져다줄까? 감동해서 하마터면 이렇게 물을 뻔했다. 우리를 지켜보던 수현이 답답해하며 외쳤다.

"아니! 맛이 어떠냐고!"

그제야 최희원이 고개를 끄덕였다. 나는 고구마강정을 하나 집어 먹었다. 다진 마늘을 넣어서 매콤한 맛이 고구마의 단맛과 조화가 잘되는 듯했다.

"괜찮은데?"

수현도 강정을 집어 먹더니 감탄했다.

"역시, 양념치킨은 소스가 다 한 거였군."

닭고기와 고구마가 경쟁한다면, 나는 주저 없이 고구마의 손을 들어 줄 거다. 물론 고구마에게는 손이 없지만.

우리는 그 자리에서 고구마강정을 다 먹었다. 수현은 재료와 장소를 제공했고, 요리는 최희원이 거의 다 했다. 나는 요리 과정을 찍은 사진과 레시피를 공모 양식에 맞게 정리하기로 했다. 결국 여기까지 오다니. 이제 남은 것은 1등 수상 아닐까?

부엌을 깨끗하게 치우고 나서 거실로 나왔다. 지난번에는 내내 숨어 있던 고양이 밤이가 나와 있었다. 밤이는 방석 위에 웅크린 채 잠을 잤다.

"밤이는 되게 점잖네."

"당연하지. 어르신이거든."

"몇 살이야?"

밤이를 관찰하던 최희원이 물었다.

"인간으로 치면 70살 정도?"

고양이도 나이가 들면 흰털이 자라는 건가? 내가 본 다른 치즈 고양이보다 밤이의 털빛이 조금 더 연해 보였다.

"밤이가 점잖아서 참아 주는 거지. 삼순이는 아직 아기인데다 에너지도 넘쳐서 둘이 같이 살려면 힘들 거야. 얼른 삼순이 입양처를 구해야 하는데."

수현이 걱정스레 말했다. 지난번, 그냥 너희 집에서 삼순이를 계속 키우면 안 되냐는 내 질문에 수현은 밤이가 있어서 곤란하다고 했다. 고양이 한 마리보다 두 마리를 키우는 게 어렵다는 뜻인 줄 알았는데, 그게 아니었구나.

수현은 우리와 있다가도 중간중간 일어나 집의 온도와 습도를 확인하고, 고양이 화장실을 치우고, 밤이에게 약을 먹였다. 늘 부산해 보이는 수현이지만, 고양이를 대하는 손길

만큼은 조심스러웠다. 학교에서보다 훨씬 부지런하고, 또 어른스러워 보였다.

"우리 집에 자주 놀러 와. 공모 준비는 끝났지만."

우리를 배웅하러 나온 수현은 어딘가 아쉬운 듯 보였다. 그래, 자주 올게. 나는 고개를 끄덕였다.

"최희원 너는? 너무 먼가?"

"아냐. 올게."

"그래. 밤이 더 할머니 되기 전에, 삼순이 입양 가기 전에 자주자주 와."

수현이는 우리에게 고양이들을 보여 주고 싶었구나. 삼순이도 언젠가는 다른 집으로 가게 될 테니까, 삼순이의 목소리와 눈빛을 함께 기억하고 나눌 친구가 필요했던 걸지도.

최희원과 나는 버스에 올랐다. 창밖으로는 수현이 매일 오고 갈 거리 풍경이 스쳐 지나갔다.

"수현이, 학교에서는 자기 진짜 모습의 반의 반만 보여 주는 것 같아."

"넌 어떤데?"

"나? 비슷한 것 같은데."

최희원은 말을 덧붙이지 않고 나를 보기만 했다. 나는 모르는 내 모습을 들여다보는 것 같았다. 이상한 기분이었다.

"넌 아냐?"

최희원이 고개를 끄덕였다. 조금 의외였다.

"학교가 전부는 아니니까."

학교 안에서 하는 일만이 중요한 건 아니야, 그런 뜻일까. 나는 막연히 나랑 다를 거라고만 생각했던 수현의 우선순위가 궁금해졌다. 그리고 은오가 떠올랐다. 은오는 그래서 학교를 떠났을까. 자신이 중요하다고 생각하는 것이 학교에는 없어서? 그렇다면 지금 은오가 중요하게 여기는 것은 어디에 있을까. 알고 싶지만 나는 물을 수가 없다. 은오의 대답이 너무 낯설게 느껴질까 봐 두려우니까.

집에 도착해서야 휴대폰을 꺼냈다. 은오에게 오늘 찍은 사진들을 보냈다.

이거 공모에 낼 거야

안에 뭐 들었게?

정답: 고구마

몇 분 후, 은오에게서 답장이 왔다.

ㅋㅋㅋ

굿굿!

맛있겠네

요즘 은오와 주고받는 연락은 대부분 이런 식이다. 도서관에서 했던 대화나 서점에서 우연히 본 날은 없던 일인 것처럼, 정작 궁금한 얘기는 숨긴 채 빙빙 겉돌고만 있달까.

비슷비슷한 메시지를 썼다 지우기를 반복했다. 어차피 하나도 중요하지 않은 얘기들 같았다. 나는 휴대폰을 꺼서 침대 속으로 집어넣어 버렸다.

18 케일

쌀쌀해진 날씨에 한기가 감도는 복도가 평소보다 고요했다. 선택과목 수업을 마치고 나오니 반장이 저만치 앞서 걷고 있었다. 2반 교실에서 나온 영어 선생님이 반장을 불러 세워 말했다.

"1반 반장이지? 교무실 들러서 수행평가 채점한 거 받아 가."

"네."

어쩐지 반장의 목소리엔 기운이 하나도 없었다. 영어 수행평가 파일이면 꽤 무거울 텐데.

"반장, 도와줄까?"

"응."

말은 꺼냈지만 사양할 거라고 생각했는데 반장이 흔쾌히 고개를 끄덕였다. 나는 반장을 따라 교무실 앞에 도착했다.

"난 여기 있을게."

"그래. 기다려."

반장이 안으로 들어가고, 나는 게시판을 구경했다. 흥미로운 소식은 없었다. 그때 어디서 본 것 같은 무리가 다가왔다.

"채식 급식 공모? 별 희한한 게 다 있네. 야, 주변에 채식하는 사람 있냐?"

건들거리는 목소리를 들으니 누구인지 바로 떠올랐다. 삼순이 입양 전단지를 보고 수현에게 찾아왔던 선배들 중 하나였다.

"걔들 있잖아. 도시락 먹는 2학년."

"그 고양이 가지고 나대던 애?"

무리는 바로 옆에 선 나를 발견하지 못했는지, 아니면 내가 그 '도시락 먹는 2학년' 중 하나라도 거리낄 게 없는지 큰 소리로 떠들어 댔다.

"딱 질색이지 않냐? 환경이 어쩌고, 지구가 어쩌고 입만 털면서. 고작 텀블러 들고 다니고 페트병 라벨 떼는 게 전부일 거면서 뭐라도 하는 줄 알고 유세하는 애들. 그런다고 뭐가 바뀌냐?"

제일 큰 목소리로 떠들던 선배가 공모 포스터를 고정한 압정을 빼 들었다. 그러고 포스터를 마구 찔렀다. 공모 마감 날짜가 적힌 자리에 내 새끼손톱만 한 구멍이 생겼다.

"김유진, 가자."

파일 더미를 양손에 든 반장이 다가왔다. 그제야 선배 무리가 나를 돌아보고는 뜨끔하는 표정을 지었다. 그리고 얼른 표정을 바꿔 자기들끼리 괜히 실실 웃으며 눈짓을 주고받았다. 3학년 7반. 나는 내 심기를 가장 거스른 선배가 든 서류 봉투에 적힌 글자를 똑똑히 눈에 담았다.

"두고 보자."

반장과 파일을 나눠 들고 교실로 향하면서, 나는 저주처럼 중얼거렸다. 어쩐지 지금 내 말투가 수현이 쓸 법한 말투 같았다. 아까부터 반장은 나를 조금 이상하단 눈으로 보고 있었다.

"무슨 일 있었어?"

"아무것도 아냐."

"그렇게 살벌한 표정은 처음 본다."

"……진짜 가만 안 둘 거야."

우리가 즐거워하면서 만든 고구마강정이, 나에게 빰을 비비던 삼순이의 자그마한 얼굴이 떠올랐다. 가슴속에서 무언가가 부글부글 끓어올랐다.

교실로 들어서자 자리에 우두커니 앉아 있는 최희원의 모습이 보였다. 최희원에게 가서 내가 방금 얼마나 멍청한 인간에게서 얼마나 멍청한 소리를 듣고 왔는지 알려 주고 싶었다. 하지만 정말 그런 짓을 하진 않을 거다. 좋아하는 사람의 기분을 상하게 만들고 싶진 않으니까.

"들어 줘서 고맙다."

"응."

"뭔지 모르겠지만, 너도 도움 필요하면 말해."

"그래. 고마워."

너, 혹시 나랑 같이 3학년 7반에 무테안경 낀 선배를 찾아가서 뒤집어 놓을 생각 있어? 반장에게 그렇게 제안할 수는 없었다.

다음 수업 시간에도 내 머릿속에는 온통 한 가지 생각뿐이었다. 나는 선생님의 눈을 피해 책상 아래로 휴대폰을 슬며시 꺼냈다.

근데 있잖아 갑자기 딴소리인데

생각해 보니까 이상한 게

우리 중학생 때는 안 그랬는데

고등학교에선 후배가 선배 복도로 지나가면 안 되잖아

교칙으로 금지하는 것까지는 아니지만

가면 선생님들도 뭐라고 하고

그래서 1학년 때는 음악실 갈 때도
2학년 복도 피해서 빙 둘러 갔잖아

좀 이상하지 않아?

넋두리하듯 문자가 자꾸만 길어졌다. 근데 있잖아, 갑자기 딴소리인데. 이건 은오와 내가 두서없이 수다를 떨다가 주제를 바꿀 때 습관처럼 덧붙이는 말이었다. 은오와 전처럼 아무 얘기나 마음껏 떠들 수 있다면 얼마나 좋을까.

원래 이상하고 치사한 것투성이잖아

은오에게서 바로 답이 왔다. 나는 은오가 보낸 문자를 몇 번이고 다시 읽어 보았다. 처음엔 맨 앞에 '학교는'이라는 말을 덧붙여서 읽었지만, 다시 볼수록 '세상은', '인간은'처럼 무슨 말을 붙여도 될 것 같았다. 지금은 딱 그만큼만, 내 눈에 들어오는 모든 것을 비뚤게 보고 싶었다.

근데 지금 수업 시간 아냐?

얼른 집중해

은오라고 내가 세상을 비뚤게만 보기를 바랄까? 나는 휴대폰을 집어넣었다. 그리고 수업이 얼른 끝나기만을 기다렸다.

혼자 찾아온 3학년 복도는 생각보다 특별할 게 없었다. 2학년 명찰을 단 나를 다들 의아한 눈으로 보다가도, 내가 워낙 당당하게 걸으니 선생님 심부름을 왔겠거니 하는 듯했다. 나는 3학년 7반 창문을 기웃거리다 무테안경 선배를 발견했다. 저건 또 뭐야, 하는 눈으로 나를 보던 그 선배는 내가 자기를 뚫어져라 보니 결국 마지못해 걸어 나왔다.

나는 선배에게 구멍 난 포스터를 내밀었다.

"이거 선배님이 망가뜨렸죠? 아까 교무실 앞에서 다 봤어요. 원래대로 고쳐 놓으세요."

속으로 연습한 대사라 별로 떨리지 않았다. 무테안경 선배는 혼자 있으면 기를 못 펴는 타입인지, 당황한 기색을 감추지 못했다.

"너 그 고양이 걔, 친구 맞지? 급식실에서 도시락 먹는."

나는 대답 대신 무테안경을 뚫어져라 응시했다. 수현이라면 자기가 '고양이'라고 지칭되는 걸 알면 그게 무슨 의미든지 일단 기뻐하지 않을까. 선배는 조금 짜증스러운 얼굴로 복도를 지나는 다른 3학년들을 흘끗거렸다.

"야, 일단 좀 나와라."

선배는 복도 끝 계단으로 걸음을 옮겼다. 나는 군말 없이 뒤따랐다.

"너 왜 이러는데? 너 나 알아?"

그렇게 말하며 선배는 억울하단 표정까지 지어 보였다.

"아니요. 근데 선배님이 포스터를 망쳤잖아요."

"그래서 뭐? 어쩌라고?"

"여기 포스터에 있는 홈페이지 들어가면 파일 내려받을 수 있어요. 새로 출력해서 다시 붙여 놓으세요. 아니면 여기 구멍 난 부분 메꾸든지요."

와 씨, 진짜 황당하네, 무테안경 선배가 조금 상기된 얼굴로 중얼거렸다. 수능을 앞둔 3학년을 괴롭히고 싶진 않지만, 선배가 싫다고 하면 나는 교무실 게시판을 관리하는 선생님에게 일러바칠 계획이었다.

"뭐 대단한 일 하는 줄 알고 유세 떠는 모양인데. 너희 그거 언제까지 할 수 있나 보자."

"도시락 먹는 거요? 계속할 건데요."

"그런 걸 왜 하는데, 도대체?"

내가 무슨 대답을 내놓든 마음껏 비웃어 주겠다는 얼굴이었다. 말이 통하지 않는 인간을 앞에 두고 적당한 대답을 고를 필요가 없다.

"좋아하는데요."

"뭐?"

"저랑 같이 도시락 먹는 남자애요. 걔 좋아해서 같이 먹는 거라고요."

무테안경 선배는 얼빠진 표정으로 바로 대답하지 못했다.

"아. 그래. 야, 미안하다."

"……."

"알겠으니까 그만 좀 가라."

무테안경 선배는 포스터를 내 손에서 낚아챘다. 예상치 못한 고백에 전의를 상실한 걸까? 어쨌든 나는 원하는 바를 이루었다. 나는 한 번도 돌아보지 않고 얼른 3학년 복도에서 빠져나왔다.

쿵, 쿵, 쿵, 심장이 세게 뛰었다. 나는 선배에게 잘못을 따지는 것보다 3학년 교실이 줄지어 있는 복도를 걷는 게 더 무서웠다. 그게 잘못은 아니지만, 분명 학교에서 '하지 말아야 하는 일', '다들 하지 않는 일'에 속하니까. 하지만 막상 저지르고 나니 아무것도 아니란 생각이 들었다.

이건 분명 은오가 나에게 알려 준 것이다. 은오가 옆에 있다면 당장이라도 말해 주고 싶었다. 나는 오늘, 네가 할 법한 행동을 했다고. 네가 사라진 곳에서야 나는 비로소 너처럼 행동하는 방법을 알게 된 것 같다고. 언제 배웠는지도 모르는 용기가 내 안에도 자리하고 있었다고.

2학년 복도에서 별관으로 향하는 최희원을 발견했다. 최희원도 나를 보았는지 발걸음을 멈추었다. 나는 당장 달려가고 싶은 마음을 꾹꾹 누르며 다가갔다.

"어디 가?"

"음료수 마시러."

"나도 갈래."

오늘도 내 주머니엔 돈이 없었다. 내가 아무 말도 하지 않았는데도 최희원은 익숙하게 지폐를 자판기 투입구에 넣었다.

우리는 음료수를 들고 창문가에 섰다.

"와, 아직도 심장이 뛰네."

최희원이 조금 궁금하단 눈으로 나를 보았다. '심장은 원래 뛰어' 같은 대답이나 하지 않아서 다행이었다.

"영양 쌤이 교무실 앞에 붙인 포스터 있잖아. 3학년 선배가 그걸 일부러 망가뜨린 거야. 가서 따지고 왔어. 원상복구시켜 놓으라고."

내 말을 듣는 최희원의 눈이 조금 커졌다.

"근데 이거 일단 수현이한텐 비밀로 하자. 걔는 다시 가서 싸울 수도 있어."

"응."

최희원도 그게 낫다고 생각한 모양이었다.

이렇게 최희원과 나란히 서 있으니 내가 홧김에 무슨 말을 뱉고 왔는지 실감이 되었다. 3학년들과는 급식실에서 계속 마주칠 텐데, 무테안경 선배가 '재가 재 좋아한대' 하면서 자기 친구들이랑 낄낄거리면 어쩌지?

문득, 내가 무슨 말을 하고 왔는지도 모른 채 멀건 눈으로 나를 보는 최희원이 야속하게 느껴졌다.

"무슨 생각 해?"

저런 눈을 볼 때면 늘 묻고 싶던 말이었다. 최희원은 깜빡, 하고 눈을 느리게 감았다 떴다.

"김유진 멋지다."

"……뭐?"

"라고 생각했는데."

"……."

뭐라고 해야 하지? 아니, 친구 사이에 '멋지다' 정도야 얼마든지 할 수 있는 말이잖아!

최희원은 고장 난 듯 굳어 버린 나를 보며 말했다.

"왜? 좋다는 뜻이야."

"아, 그만해."

"왜?"

"조용히 해."

"뭘?"

아주 잠깐, 최희원의 얼굴 위로 장난스러운 기색이 반짝였다. 못 참겠다! 나는 뒤돌아 복도를 걷기 시작했다. 눈을 감고 들어도 누구인지 알아챌 수 있을 느긋한 발소리가 나를 뒤따랐다. 좋아하는 사람에게 뒷모습을 보여 주며 걷는 건 이런 기분이구나. 자꾸만 마음 어딘가가 간질간질했다.

콩닥콩닥. 조금 전 3학년 복도에 찾아갔을 때와는 달리, 이번엔 기분 좋은 두근거림이었다. 나는 걸음이 느린 최희원이 뒤처지지 않도록, 평소보다 조금 더 천천히 걷고 있었다. 나란히 걷지 않으면서도 발걸음을 맞춰 걷는 느낌. 이 느낌도 물론, 다 좋았다.

19 샐러리

며칠 후, 교무실 앞 게시판에 포스터가 다시 붙었다. 압정으로 구멍을 뚫은 자리에 투명 테이프를 덕지덕지 대강 발라 놓은 꼴이라 글자를 알아보기 어려웠지만 사실 상관없었다. 내가 포스터를 원래대로 돌려 놓으라고 엄포를 놓은 그다음 날이 바로 공모 마감일이었으니까.

그 후에도 무테안경 무리를 급식실에서 마주쳤지만, 무테안경 선배는 잽싸게 내 시선을 먼저 피해 버렸다. 최희원을 살펴보는 듯한 낌새도 없었다. 소문을 내기는커녕 이제 우리와는 더 엮이고 싶지 않은 듯 보였다. 나는 몇 번이나 안도의 한숨을 내쉬었다.

"결과 발표가 언제랬지?"

"2주 뒤. 기말고사랑 겹쳐."

"대상을 받아도 시험에 묻힐 확률이 높군."

수현이 아쉽다는 듯 말했다.

우리는 영양 선생님에게 가는 길이었다. 지난번에 공모에 출품한 레시피 그대로 다시 만든 고구마강정을 선생님에게도 맛보여 드렸다. 선생님이 그 답례를 하겠다며 오늘 우리를 사무실로 초대했다.

"비건 밀크티 만드는 법을 배웠거든. 너희도 마셔 볼래?"

"네! 좋아요."

선생님이 밀크티를 준비하는 동안, 우리는 책장을 구경했다. 홍차를 우려내는 향긋한 냄새가 잔잔하게 퍼졌다. 나는 선생님이 만든 밀크티를 한 모금 천천히 들이켰다. 전에 먹어 본 밀크티보다 훨씬 홍차 향이 강한 데다 깊은 맛이 났다.

"맛있어요! 두유가 들어가서 더 고소한 것 같아요."

"대박, 인생 밀크티예요!"

옆에서 최희원도 고개를 끄덕였다. 선생님의 표정은 그 어느 때보다 뿌듯해 보였다.

"선생님. 어른이 되면 비건으로 사는 게 덜 어려울까요?"

내가 물었다. 어른이 되면 급식을 먹지 않는다고 교무실로 불려 갈 일도, 채식 같은 걸 왜 하냐고 비웃음을 당할 일도 없을 테니까.

"그렇지 않을까? 너희처럼 애쓰는 사람들이 더 많아진다면 말이야."

우리처럼? 오히려 선생님같이 청소년의 다양한 선택을 존중하는 어른들이 많아져야 가능한 일 아닐까?

"사실 학교 급식을 바꾸는 건 나 혼자서 할 수 있는 일이 아니야. 어디서부터 시작해야 할지 막막했는데, 비슷한 고민을 하는 동료들을 만나서 대화하는 것만으로도 큰 용기를 얻고 있어. 남들은 하지 않는 일을 혼자 한다고 생각하면 내 선택이 정답이 아닌 것 같고 자꾸 위축되잖아. 그래서 가능한 한 많은 사람의 목소리를 들으려고 하는 거야."

나도 친구들과 함께 도시락을 먹으면서, 채식을 실천하는 사람들이 쓴 책을 읽으면서 비슷한 기분을 느낀 적 있다. 지구의 모든 인구가 이미 비건이 된 것만 같은 기분. 이유는 다르지만, 나와 비슷한 선택을 한 사람들이 존재한다는 사실만으로도 든든해지던 기분. 고기를 먹지 않는 사람보다 먹는 사람의 수가 훨씬 많기 때문에 당연히 고기를 계속 먹어야 한다는 말은, 더는 나를 방해하지 못할 거다.

백 명 중 열 명만 다른 선택을 할 때, 거기엔 각자 다른 열

가지 이유가 있겠지. 그 이유 중 하나라도 제대로 알고 깊이 이해하지 못한다면 그 선택에 대해 함부로 말할 수 없는 것 아닐까?

"나도 어디서 받은 건데, 너희한테 줄게."

선생님은 사무실을 나서는 우리에게 팸플릿을 건네주었다. 혹시 또 다른 공모가……? 나는 순간 긴장했다.

우리는 팸플릿을 받아 들고 교실로 돌아왔다.

"동물 영화제 처음 들어. 주인공이 동물인 영화만 나오는 건가?"

동물만 나오는 영화라면 대사도, 스토리도 없으려나? 어쩐지 너무 생소했다.

"글쎄? 가서 직접 알아보자!"

수현이 반색하며 답했다.

"고양이 나오는 영화도 있어?"

최희원이 끼어들었다. 팸플릿을 흥미롭게 훑어보던 수현의 눈이 가늘어졌다.

"너는 고양이 나오는 영화만 볼 거야?"

"아니."

"너는 동물 중에 고양이가 제일 좋은가 봐?"

"응."

최희원이 너무 곧장 대답해서 그런지, 수현은 조금 머쓱해 보였다.

"어떤 고양이가 제일 좋아?"

내가 물었다.

"삼색 고양이."

그래서 수현이네 집에 갈 때마다 삼순이한테서 눈을 못 뗐구나. 하지만 나는 최희원에게 삼순이를 입양할 생각은 없는지 묻지 않았다. 좋아하고 귀여워하는 마음만 가지고 한 생명을 덥석 데려간다는 건 무책임한 짓이다. 그리고 그럴 마음이 있다면 진작에 먼저 얘기를 꺼내지 않았을까?

나는 휴대폰으로 영화제에 대해 더 찾아보았다. 거리의 고양이부터 비둘기, 돼지가 주인공인 영화도 있었지만, 동물은 한 마리도 나오지 않는 영화도 있었다. 그동안 내가 본 영화 속 동물은 유쾌하고 귀여운 애니메이션 캐릭터가 대부분이었다. 그들이 인간의 말과 행동을 흉내 내도 어색하거나 이상해 보이지 않았다. 그런데 동물 영화제에는 그런 것 말고도 많은 장르가 있었다. 동물에게 인간의 고민과 감정을 부여하지 않아도, 이렇게 다양한 이야기를 할 수 있는 거구나.

"되게 신기하다."

"뭐가?"

옆에 있던 수현이 물었다.

"그냥 다 신기해."

자꾸만 평소엔 안 하던 생각을 하게 되고, 무심히 흘려 넘기던 것들이 눈에 보여. 사실 그 말을 하고 싶었다. 내가 속으로만 한 말을 마치 다 알아들었다는 듯, 수현이 나를 보면서 씩 웃었다.

20 아스파라거스

"윽! 또 터졌어!"

"써는 건 엄마가 한다니까."

나는 속이 터진 김밥 한 알을 주워 먹었다. 다 터져 버려 김밥이라고 부르기도 민망했지만 그래도 맛은 좋았다.

"참기름 칠했어?"

"아, 맞다."

엄마는 내가 김밥을 싸는 동안 옆에서 천천히, 천천히 하라는 말을 반복했다. 요리는 시간과 정성을 들여서 해야 하는 일이라고. 그래서 매사에 느긋하고 서두르는 법 없는 최희원이 요리도 잘하는 걸까?

아직 썰지 않은 김밥 두 줄은 엄마가 예쁘게 썰어 주었다. 나는 가장 동글동글하고 먹음직스럽게 생긴 김밥들만 쏙쏙 골라서 도시락통을 채웠다.

오늘은 시험 전 마지막 주말이었다. 평소 같으면 새벽부터 일어나 기출 문제를 하나라도 더 풀었을 테지만, 엄마와 함께 도시락을 준비하는 것도 나쁘진 않았다. 원래 시험 기간엔 공부 말고 다른 일들이 괜히 재미있기도 하고.

냉장고에서 주스 두 병도 챙겼다. 어젯밤, 나는 은오에게 스터디 카페에서 같이 공부를 하자고 문자를 보냈다. 도서관에서 만난 날 이후로도 간간이 짧은 연락은 주고받았지만, 이렇게 만나기로 한 건 오랜만이었다. 전에는 이만큼 오래 얼굴을 보지 않은 적이 없었다. 싸운 게 아니니 어떻게 풀어야 할지 조금 막막했다. 하지만 은오와 내가 이렇게 서먹하게 지내다 영영 멀어지는 건 상상도 할 수 없는 일이다. 나는 그냥, 우리가 함께 지내 온 시간을 믿어 보기로 했다.

30분만 더 늦게 볼래?

나는 학교 들렀다 갈게

수학 문제집 두고 왔어

나 이미 다 왔어

일단 정문으로 나와

아파트 정문에서 은오가 기다리고 있었다. 은오는 큰 백팩으로도 모자라 도시락과 담요, 미니 가습기가 담긴 뚱뚱한 에코백을 들고 부랴부랴 온 나를 보며 알 만하다는 표정으로 픽 웃었다. 은오가 웃는 얼굴을 보니, 오랜만에 만나면 어떻게 말을 시작해야 할까 망설이던 마음이 눈 녹듯 사라졌다.

"들어 줄게."

"아냐! 별로 안 무거워."

나는 에코백을 품에 안았다. 차가운 공기가 뺨에 닿았다.

"오늘 꽤 쌀쌀하네."

"그러게."

"먼저 가 있을래?"

"아냐. 좀 걷고 싶어."

은오와 나는 매일 아침 함께 등교하던 길을 걸었다. 나는 3학년 복도에 쳐들어간 일화를 늘어놓았다. 남들이 보면 '쳐들어간' 정도는 아니겠지만, 적어도 나는 그때 적을 무찌르러 가는 전사의 마음과도 같았다.

"그러고 나서 꿈까지 꿨어. 교실에 들어갔는데, 반 애들이 내가 최희원을 좋아하는 걸 다 알고 있는 거야. 막상 저질러 놓고 소문날까 봐 너무 무서웠나 봐."

"이참에 고백하는 게 어때."

내내 흥미롭게 듣고 있던 은오가 말했다.

"둘이 데이트도 했잖아."

"데이트는 무슨! 참고서 사러 간 거라니까."

"멀리서 볼 땐 완전 데이트던데?"

은오가 나를 놀리듯 말했다. 최희원이 나에게 '멋지다'고 한 걸 알면 은오는 그냥 넘어가지 않을 거다. 일단 그 일은 비밀로 하는 게 좋을 것 같다.

우리는 당직 선생님한테 허락을 받고 교실로 올라갔다.

"발이 너무 시려."

"나처럼 이걸 챙겼어야지."

은오는 어느새 손님용 실내화를 신고 있었다. 텅 빈 복도의 냉기 때문에 종종거리는 나와는 달리, 은오는 신기하다는 눈으로 이곳저곳을 둘러 보았다.

아무도 없는 우리 반 교실, 은오는 빈 책상들 사이로 천천히 걸었다.

"여기가 네 자리야? 앉아 봐도 되지?"

은오가 내 자리에 앉았다. 은오가 사복 차림으로 교실에 앉아 있으니 기분이 묘했다. 2학년 5반엔 이미 은오의 책상이 없을 것이다.

"그 남자애 자리는 어디야?"

"저기. 창가 쪽 맨 뒤."

"근데 걔 훈훈하더라. 하긴, 넌 초등학생 때부터 잘생긴 애들만 좋아했어."

"내가 누굴 좋아했다고 그래?"

"반 바뀔 때마다 좋아하는 애도 바뀌었잖아."

"그건 그냥 관심이지! 진지하게 좋아한 애는 하나도 없어."

은오가 어깨를 으쓱해 보였다. 나는 사물함에서 필요한 책들을 더 챙겼다. 은오는 교실을 조금 더 둘러보다가, 게시판에 붙은 식단표 앞에서 멈춰 섰다.

"채식 나오는 날은 아직 한 달에 한 번이지?"

"응. 근데 영양 쌤 말로는, 급식 만족도 조사에서 갈수록 채식에 호의적인 반응이 늘고 있대. 뭔가 조금 바뀔 수도 있지 않을까?"

"그랬으면 좋겠다. 꽤 노력했잖아, 너희 애들."

그렇게 말하며 은오가 장난스럽게 웃었다.

학교 급식은 사실 이제 은오와 아무 상관이 없다. 그런데도 조금이라도 더 나은 방향으로, 나와 친구들이 바라는 대로 나아가기를 진심으로 응원해 주는 마음이 새삼 고마웠다. 내가 원하는 것이 은오가 원하는 것이고, 그 반대도 마찬가지라는 사실을 나는 왜 잊고 지냈을까?

"나, 도시락 싸 왔어. 나중에 같이 먹자."

"도시락? 네가 직접?"

"응. 엄마가 조금 도와주긴 했지만. 김밥이랑 고구마강정 만들었어."

"그래. 나 그거 먹어 보고 싶었어."

우리는 다시 밖으로 나왔다. 이렇게 편안한 마음으로 은오와 다시 교정을 걸으리라고는 기대하지 않았다. 날씨가 따뜻했다면, 이대로 운동장 스탠드에 잠깐 앉았다 갔을 텐데.

"학교 냄새 오랜만에 맡으니 좋다."

"학교에 냄새가 있어?"

"응. 모래 섞인 바람 냄새라고 해야 하나."

"……."

은오에겐 학교가 어떤 공간이었을까.

운동장을 둘러보는 은오의 얼굴은 한결 너그러워 보였다. 힘들어서 떠난 곳이지만, 조금은 그리웠던 걸까?

“저번에 학교로 찾아왔을 때 말이야. 내가 정색해서 많이 서운했지?”

더 늦기 전에, 은오에게 꼭 하고 지나가야 하는 말이었다.

“변명으로 들릴 수도 있지만……. 갑자기 네가 너무 낯설어 보여서, 그래서 기분이 안 좋았어.”

“무슨 뜻인지 알겠어. 난 괜찮아.”

우리는 교문 앞 커다란 나무 아래에 멈춰 섰다.

은오와 나는 어쩌면, 앞으로 서로 다른 점이 더 많아질지도 모른다. 상대의 얘기를 들으면서 그게 어떤 상황인지, 어떤 기분인지 그려 보는 일이 갈수록 어려워지겠지. 하지만 그렇다고 해서 서로를 이해하려는 일을 포기할 순 없었다.

“난 앞으로도 너한테 시시콜콜 다 말할 거야. 네가 잘 모르는 애들 얘기도 계속할 거고. 시험이랑 수행평가처럼 지겹고 재미없는 일들도 다 말할 거야. 채식이 어떻고, 고양이가 어떻고 하는 얘기들도 다 할래.”

은오가 말없이 나를 바라보았다.

“그러니까 서은오 너도 다 말해. 서로 잘 모르는 일이라서, 이해를 못 할 것 같다고 해서 말을 안 해 버리면 정말 모르는 것만 더 많아지잖아.”

“…….”

“다 들어 줄게. 은오 네가 하는 얘기면 무슨 말이든지.”

불어오는 바람에 은오의 짧은 머리칼이 흔들렸다. 눈이 시린 듯 은오가 느리게 눈을 깜빡였다. 하지만 나는 알고 있다. 은오는 눈물을 참을 때면 저런 표정이 된다는 사실을.

“그, 아까 오면서 잠깐 얘기한 영화제 말이야.”

“응.”

“나도 같이 가면 안 돼? 네 친구들 궁금해.”

“‘네 친구’라니? 수현이는 너도 잘 알잖아. 그리고 내 친구가 네 친구지.”

“그러네. 맞아.”

“근데 너 최희원 앞에서 괜히 티 내기만 해 봐.”

“티를 내고 다니는 게 누군데? 한눈에 봐도 보이더라. 네가 걔 좋아하는 거.”

“진짜?”

농담이겠지? 이미 다 알고 봐서 그런 거 아냐? 그러고 보니 정수현은 처음에 어떻게 눈치챈 거지? 눈치가 빠른 타입도 아닌데?

은오와 나는 교문을 나섰다. 내가 아는 사람 중 가장 독특한 셋이 모여 있는 장면은 또 어떨까. 머지않은 그날이 얼른 오기를 바라며, 나는 은오와 발을 맞춰 나란히 걸었다.

21 옥수수

"삼순이 입양처를 정했어."

기말고사가 끝나고, 수현이 나를 복도로 불러 말했다.

"저번에 말한 반려묘 카페 있잖아. 거기서 연락이 왔어."

분명 좋은 소식인데, 기쁜 마음보다는 아쉬운 마음이 먼저였다. 수현의 표정도 조금 복잡해 보였다.

"처음 계획보다 임보가 너무 길었네. 그래도 다행이야."

"이번 주말에 삼순이 데리러 온대."

"어디서 오는데?"

"인성에서."

'인성'이면 바로 옆 도시였다. 다른 동네도 아니고, 아예 다른 도시로 가다니. 나는 수현을 안심시키려, 애써 더 밝은 목소리로 말했다.

"좋네. 괜찮아. 인성이면 차로 금방이잖아."

"너무 슬퍼. 울고 싶어."

수현은 복도 창문을 열었다. 열린 창문으로 찬바람이 밀려 들어왔다. 바람에 맞서 선 수현의 눈가가 붉어졌다. 누군가 조용히 우리 뒤로 다가왔다.

"삼순이 입양처를 구했대."

내 말에, 최희원은 물끄러미 수현을 바라보았다.

"우는 거야?"

"너 같으면 안 울겠냐?"

괜히 버럭한 수현이 손등으로 눈가를 훔쳤다. 짜증 나, 수현이 중얼거렸다. 수현이 서툴게 우는 모습을 보자 내 마음도 덩달아 울렁거렸다.

"수현이 네가 엄청 고심해서 골랐을 거잖아. 좋은 분일 거야."

"같이 배웅해 줄 거지?"

"응. 당연하지."

"나도 갈게."

최희원이 끼어들었다.

주말에 나와 최희원은 버스를 타고 수현의 집으로 갔다. 수현은 삼순이가 좋아하는 간식과 매일 잠을 자던 방석, 최애 장난감까지 한가득 넣어 짐을 쌌다.

삼순이를 입양하러 온 분은 이미 다른 고양이를 키우고 있다고 했다. 코에 얼룩이 묻은 고등어 고양이인데 이름은 '래오'라고 했다. 오레오 과자의 '레오'가 아니라 '래오'라고 두 번이나 말해서, 이름을 절대 잊어버리지 않을 것 같았다.

삼순이를 보내고 나서, 수현은 아이처럼 엉엉 울었다. 밤이가 수현의 무릎에 올라오더니 그르렁거렸다. 그 모습을 보고 있자니 내 눈에서도 눈물이 흘렀다. 최희원만 울지 않고 우리 곁에 가만히 앉아 있었다.

"삼순이 데려간 분, 좋은 사람 같아."

최희원이 말했다. 최희원이 누군가를 두고 단정 지어 말하는 모습은 처음 보는 듯했다.

"래오 사진 보여 줬잖아. 표정이 편안해 보였어."

"맞아. 내 눈에도 그렇게 보였어."

수현을 달래려고 하는 말이 아니라 진심이었다. 한바탕 울고 나서, 수현은 조금 홀가분해진 표정이었다.

"다시는 임시 보호 같은 건 안 할 거야."

수현이 선언하듯 말했다. 수현이 한결 잠잠해지자 밤이는 좋아하는 방석 위로 올라갔다. 수현이 밤이의 등을 천천히 쓰다듬었다.

삼순이를 처음 만났을 때처럼 늦은 장마가 이어지는 날, 아니면 매서운 칼바람이 부는 겨울날, 수현은 아파트 화단에 숨어 혼자 떨고 있는 새끼 고양이를 보면 또 그냥 지나치지 못하겠지. 밤이와 삼순이의 온기를 기억하는 한, 수현은 얼마든지 다시 비슷한 선택을 하지 않을까? 내가 아는 정수현은 그런 아이니까.

이별만 있었던 건 아니다. 1학년 남자애 한 명이 함께 도시락을 먹고 싶다고 우리를 찾아왔다.

"근데 우리는 학년이 달라서 밥을 먹는 시간이 다르잖아."

수현의 말에, 자신을 1학년 2반 이재림이라고 소개한 남자애는 그게 뭐 대수냐는 표정을 지어 보였다.

"제가 일찍 오고, 선배들이 조금 늦게 먹으면 가능하지 않을까요?"

"우리가 왜 그래야 하지?"

"저 1학년 회장인데요. 내년에는 전교 회장에 출마할 거고요."

남자애는 제법 의기양양해 보였다.

"근데?"

"제가 도시락 먹을 인원을 더 모아 볼게요. 다음 학기에 채식 동아리도 만들 생각이에요. 선배들도 당연히 들어오실 거죠?"

수현은 조금 솔깃하단 표정으로 나와 최희원을 바라보았다. 채식 동아리라니. 뜻이 같은 아이들이 더 모이면, 할 수 있는 일들이 많아지지 않을까? 나는 수현에게 고개를 끄덕여 보였다.

1학년 이재림은 도시락 모임에 유현수라는 자기 친구도 데리고 왔다. 이재림과는 달리 말수가 적고 무뚝뚝한 그 애는, 고기를 왜 먹지 않냐는 질문에 "그냥."이라고 했다. 뭐라고 더 물을 수 없게 만드는 대답이었다.

"나 이제 입시 끝나서 남는 게 시간이거든. 이거 다 내가 직접 만든 거야."

가끔 급식실에서 마주칠 때마다 우리를 유심히 보던 3학년 선배도 합류했다. 급식실에서 도시락을 먹는 인원은 어느새 테이블 하나를 다 채울 정도가 되었다. 좋아하는 사람과 같이 있고 싶어서 시작한 일인데, 저마다 이유를 가지고 함께하는 사람들이 하나둘씩 늘어 가고 있었다.

"유행이라더니, 정말인가 보네."

급식실에서 우리를 본 담임이 흥미롭다는 듯 말했다.

"반장, 저번에 네가 말한 책 다 읽었어. 좋더라."

"그래? 다행이다."

학원 수업이 끝나고, 나는 반장의 자리로 찾아갔다. 우리는 함께 가방을 챙겨 나왔다. 마지막 수업 시간, 나는 잠시였지만 반장이 조는 모습을 목격했다. 그래서 집에 같이 가자고 말을 붙인 거지만, 그 얘기는 굳이 하지 않았다.

"반장 넌 집에 가면 뭐 해?"

"그냥 공부하지."

솔직해서 좋네. 우리는 거리로 나섰다. 오늘도 익숙한 기름 냄새가 코를 찔렀다. 반장이 휴대폰을 켜자, 화면에 새로운 메시지 알람이 쉴 새 없이 떠올랐다.

"아, 이거 우리 반 단톡방."

반장이 휴대폰을 들어 보였다. 나는 고개를 끄덕였다.

"숙제 때문에 난리야. 나는 진작에 알람 꺼 놨어."

나야 필요한 내용만 보고 나머지는 무시하면 그만이지만, 반장은 반장이라 그럴 수 없는 모양이었다. 나 사실, 얼마 전에 최희원한테 들었어. 학기 초에, 네가 집으로 전화해서 공지를 알려 준 적도 있다며? 반장을 칭찬해 주고 싶었다. 하지만 '응. 근데 그게 너랑 무슨 상관이야?'라고 하면 대꾸할 말이 없어서 참기로 했다.

"힘들지 않아? 너무 열심히 하지 마."

지난번엔 휴대폰이 없어서 소외되는 사람을 챙기라고 한마디 해 놓고선 이제 와선 열심히 하지 말라고 하다니. 역시 이상해 보일까. 그때 나는 반장을 제대로 몰랐지만, 반장이 어떤 아이인지 알고 나니 반장을 재촉하고 싶지 않았다.

"너라도 똑같이 했을 거야."

"그런가? 아닐걸?"

대답은 그렇게 했지만, 무슨 뜻인지 알 것 같았다.

나도 아마 비슷하게 애쓰지 않았을까. 특별히 착하거나 이타적이어서가 아니라, 그냥 그편이 더 쉬우니까. 반장이나 나 같은 사람들에겐, 애쓰지 않고 노력하지 않는 삶이 더 힘들 테니까.

한동안 은오와 수현 같은 친구들을 보면서, 나는 그동안 내 생활에서 정말로 의미 있고 중요한 것이 무엇인지 따져 보지 않고 수동적으로만 지내 온 것은 아닌지 고민이 되었다. 하지만 나는 그때그때 내 앞에 놓인 일들에 최선을 다하는, 지금 내 모습도 좋다. 친구들이 곁에 있는 한, 이런 크고

작은 노력들이 잘못된 방향으로 나아가진 않을 거란 믿음이 있으니까.

우리 아파트 입구에 도착했다. 반장이 사는 곳은 여기서 조금 더 걸어가야 했다. 어쩌다 보니 반장이 나를 데려다준 모양새가 되었다.

"너도 같이 채식하지 않을래? 일주일에 한 번이라도 되는데. 이젠 참여하는 사람들도 많아."

"갑자기 왜?"

"왜긴 왜야. 너도 관심 있잖아!"

읽는 책만 봐도 알 수 있지. 삶에서 중요한 변화는 아주 거창한 계기가 있어야만 가능한 게 아니다. 친구가 툭 던진 말 한마디로도 가능하다는 사실을, 나는 반장에게도 알려 주고 싶었다.

"그래. 한번 해 볼게."

1학년 중에도 우선 일주일에 한 번만 도전해 보겠다는 아이들이 있었는데. 요일을 정해 두는 게 낫겠지? 일주일을 산뜻하게 시작하는 월요일이 어떨까. '월요 채식회.' 불쑥 떠오른 이름인데, 어쩐지 마음에 들었다. 다른 아이들도 분명 좋아할 거란 생각이 들었다.

"좋아! 그럼 월요일로 하자!"

너무 격하게 환영하는 걸로 보였나? 반장은 좀 놀란 눈치였다. 그래도 상관없었다.

밤바람이 꽤 쌀쌀한데 반장은 물끄러미 나를 보며 발걸음을 떼지 않았다. 무슨 할 말이라도 있는 걸까? 사실, 나야말로 반장에게 묻고 싶은 게 있었다. 전부터 궁금했지만 망설이기만 했는데 오늘이 기회인 것 같았다.

"저기, 나 하나만 물어봐도 돼?"

"응, 뭔데?"

내가 뭘 물을 줄 알고 당연히 된다는 거지? 너무 선뜻 허락하니 오히려 망설여졌다. 나는 조금 뜸을 들이고는 말을 꺼냈다.

"문현진, 너 은오한테 관심 있지?"

"뭐?"

"아냐? 그래 보였는데."

그래서 나한테 은오 안부를 물어보고, 매번 할 말이 있는 표정으로 봤던 거 아냐? 내가 꽤 촉이 좋은 편이라고 자신했는데, 반장의 표정을 보니…… 아무래도 단단히 잘못 짚은 모양이다.

"미안! 하긴 공부하기도 바쁠 텐데. 관심은 무슨."

"너는……."

"응?"

"아냐. 나, 갈게."

반장이 먼저 저벅저벅 걸어갔다. 괜한 말을 꺼냈나? 말실수한 건 아니겠지? 그런 생각을 하면서 집으로 향하는데 반장에게서 문자가 왔다.

근데 너, 내 이름 처음 불렀다

그리고 나 다른 사람 좋아해

오호…… 알겠어 ㅋㅋ

그건 비밀로 해 줄게! 약속!

잘 가, 반장 말고 문현진

나는 양손을 흔들며 인사하는 이모티콘을 보냈다.

22 브로콜리

겨울이 되었다.

최희원은 여전히 창가 쪽 가장 뒷자리에 앉는다. 수현과 나는 이제 학교 밖에서도 고기를 먹지 않는다. 월요 채식회에 참석하는 인원은 아직 스무 명이 채 되지 않지만, 학교 사람들은 대부분 우리가 왜 집에서 반찬을 가져와 먹는지를 알고 있다. 영양 선생님은 다음 학기에 채식 코너 설치와 채식의 날을 일주일에 한 번으로 늘리는 것 중 한 가지를 시도해 볼 수 있을 거라고 했다.

"후문 쪽으로 가면 붕어빵 파는 거 알아?"

최희원이 고개를 저었다. 매일 정문 쪽 정류장에서 버스를 타니까, 후문 골목에 있는 붕어빵 가게를 모르는 게 당연했다. 수업을 마치고, 최희원과 나는 후문으로 나왔다. 오늘도 붕어빵 가게는 그 자리에 있었다. 몇 마리나 사야 하나 고민하다가 문득 엄청난 사실을 깨달았다.

"혹시 반죽에 우유가 들어가요?"

"들어가지."

"달걀은요?"

"우유랑 달걀, 다 들어가지."

붕어빵 아주머니가 흔쾌히 말했다.

"아…… 저희가 우유랑 달걀 못 먹어서요. 다음에 올게요."

우리는 골목을 지나 인도로 나왔다. 생각해 보니, 다음에 온다는 말은 지킬 수 없을 거였다. 고소한 냄새에 잔뜩 들떴었는데.

"그럼 우린 겨울 간식으로 뭘 먹어야 하지?"

"귤 있잖아."

"귤은 길에서 쉽게 사 먹을 수 없잖아."

아아, 최희원이 자기 목덜미를 어색하게 매만졌다.

"……군고구마?"

"와, 갑자기 엄청 먹고 싶어졌어. 벌써 고구마 냄새 나는 거 같아."

나는 기분이 다시 좋아졌다. 이렇게 된 이상, 고구마를 먹기 전까지는 계속 군고구마만 생각날 것 같았다. 겨울이니까 군고구마 가게도 어디든 있지 않을까? 편의점에서 파는 게 아니라, 군고구마 통에서 구워 낸 걸 먹고 싶었다. 우리는 군고구마 냄새를 찾아 무작정 걸었다.

"너도 집에서 고구마강정 해 먹어?"

"응."

"우리가 왜 대상을 못 받았지? 좀 아쉽긴 해."

최희원은 말없이 고개만 끄덕였다.

수현의 목표는 오직 대상이었지만, 공모 홈페이지에 레시피가 게재되는 데 만족해야 했다. 그건 사실상 참가상이었다. 영양 선생님은 우리를 격려하는 의미로, 고구마강정을 급식 메뉴에 넣어 주었다.

붕어빵 가게는 두 군데나 더 있었지만, 군고구마를 파는 곳은 보이지 않았다. 어릴 때 은오와 동네 슈퍼 앞에서 사 먹은 기억이 있지만 오래돼서 거기에서 아직도 팔지는 확신할 수 없었다.

"안 추워?"

최희원이 물었다.

"응. 나는 매일 다니는 길이잖아. 너는?"

"난 좋아."

"그럼 좀 더 걷자."

"그래."

걷다 보니 어느덧 우리 집 근처였다. '명원 사거리 근처에 군고구마 파는 데 있나요?' 동네 커뮤니티에 질문 글을 올리면 금방 해결될지도 모른다. 하지만 이렇게 무작정 걷고 헤매는 것도 좋았다. 무언가를 우연히 발견하게 되기를 바라는 마음으로, 평소에는 무심히 지나치던 거리 구석구석에 눈길을 주면서.

"춥진 않은데. 손이 좀 시리네."

"나 장갑 있어."

최희원이 코트 주머니에서 장갑을 꺼냈다.

"……."

"아."

최희원이 다시 장갑을 주머니 속에 집어넣었다. 그리고 내 손을 잡았다. 맞잡은 손을 최희원의 코트 주머니에 집어넣자, 부들부들한 장갑의 촉감이 손등에 닿았다.

언제인가, 수현이 나와 둘이만 있을 때 최희원을 두고 말한 적이 있다.

"재는 고양이들이 좋아할 상이야."

"뭐?"

"우리 반에서 제일 조용하고 느릿하잖아. 너도 그래. 고양이는 진지한 인간을 좋아하거든."

그리고 그때, 수현은 나에게 왜 최희원을 좋아하기 시작했는지 물었다. 언제였더라? 올해 여름이었을 거다. 누가 인터넷에서 본 지저분한 농담을 하는데, 그때 교실에 있던 사람 중 최희원 혼자만 웃지 않았다. 나는 그날부터 본격적으로 그 애를 좋아하게 되었던 것 같다. 나는 그날의 기억을 수현에게만 나누어 주었다.

수현의 말처럼 최희원은 밥을 먹는 것도, 글씨를 쓰는 것도 느리지만 길을 걸을 때가 가장 느긋해 보였다. 그 발걸음에 맞춰서 걸으니, 한겨울 길거리에서 군고구마 파는 데를 찾아 헤매는 우리의 시간이 남들보다 조금 더 천천히 흐르는 것처럼 느껴졌다.

"전에 수현이네 집에서 영화 본 날, 네가 그랬잖아. 끼니를 직접 지어 먹는 어른이 되고 싶다고."

"응. 그랬지."

"그 후로 내내 생각했거든. 나는 어떤 어른이 될까."

어느덧 주택 단지가 모여 있는 골목길이었다.

"나는 고양이들이 좋아할 수 있는 사람이 될 거야."

최희원이 발걸음을 멈췄다. 나는 소리를 내지 않고 고요히, 천천히 움직이는 것들을 소중하게 여길 거야. 이번 여름과 가을을 지나오면서 배운 것들이니까. 잠들기 전 침대에 누워 하루를 돌아보았을 때, 내가 오늘 하나의 생명도 소비하지 않았다는 사실을 되새길 때면 어떤 기분이 드는지 알고 있으니까.

"찾았어."

최희원이 건물 사이 화단을 가리켰다. 그 손끝을 따라 바라본 곳에는, 고구마가 아닌 노란 털빛의 고양이가 있었다.

몸을 동그랗게 웅크린 고양이가 우리를 바라보았다. 우주를 담은 것 같은 두 눈을 아주 느리게 감았다 떴다. 고양이의 시선이 닿은 곳, 우리는 거기 함께 서 있었다.

작가의 말

학창 시절의 내가 어떤 어른이 되고 싶어 했는지는 잘 기억나지 않는다. 하지만 장래 희망을 적어 내야 할 때는 늘 국어 교사나 역사 교사를 택했다. 여태 그래 왔듯이 좀 지루하지만 무난하게 자라서, 무난하게 선생님이 될 수 있을 거라고만 생각했다. 살면서 가장 두렵고 도망치고 싶던 곳이 학교였는데, 왜 어른이 되어서까지 그곳에서 일하고 싶다고 생각했는지는 모르겠다. 교복을 입은 학생들의 말을 듣고, 교실이 나오는 이야기를 쓰게 된 지금. 앞으로도 나는 계속 그 답을 찾아 나가야 할 것 같다.

걸핏하면 혼자 교실 책상에 엎드려 울던 그 애에게 살짝 말해 주고 싶다.

너는 고양이를 좋아하고, 고기를 먹지 않으려고 하고, 결국 소설을 쓰는 어른이 된다고. 한 물건을 오래 쓰고, 꽤 먼 거리도 걸어 다니고, 소박하게라도 한 끼를 직접 차려 먹을 때, 그런 사소한 순간들에서 기꺼이 자긍심을 느낀다고. 여전히 또래들 사이에서 유행하는 것은 잘 알지 못하고, 값나가고 좋은 물건을 많이 가지지 못하지만, 이제 그런 것들은 나에게 중요하지 않다는 사실을 알고 있기에 기죽지 않는다고.

그 애가 기대하던 어른의 모습과 별로 닮지 않았을지라도 그래도 잘됐다고, 다행이라고 생각해 준다면 좋겠다.

비거니즘에 대한 이야기를 쓰면서, 혹여나 무언가를 가르치는 이야기로 보일까 봐 머뭇거린 순간들이 많았다. 그럴 때마다 용기를 북돋아 준 장슬기 편집자님이 있었기에 멈추지 않고 더 나아갈 수 있었다. 편집자님과 처음 만나서 식사를 한 날, 이번에 수상하지 못했다면 다음 사계절문학상 공모에는 채식 급식을 도모하는 아이들의 이야기를 새로 써서 내려고 했다고, 혼자서 벅차올라 떠들어 댄 얘기를 잊지 않고 떠올려 주신 덕분에 희원이와 아이들이 세상 밖으로 나올 수 있었다. 두 번째 작품도 함께할 수 있어 든든하고 또 감사했다.

부디 이 이야기가 그렇게 살 수도 있다고, 그렇게 살아도 괜찮다고 말해 주는 이야기가 될 수 있기를 바란다.

2024년 여름

김지현

브로콜리를 좋아해?

2024년 6월 28일 1판 1쇄
2024년 10월 5일 1판 2쇄

지은이 김지현
편집 장슬기 윤설희 최경후 이여름
디자인 김효진 박다애
제작 박홍기
마케팅 김수진 강효원
홍보 조민희
인쇄 천일문화사
제책 J&D바인텍

펴낸이 강맑실
펴낸곳 (주)사계절출판사
등록 제406-2003-034호
주소 (우)10881 경기도 파주시 회동길 252
전화 031)955-8588, 8558
전송 마케팅부 031)955-8595 편집부 031)955-8596
홈페이지 www.sakyejul.net
전자우편 literature@sakyejul.com
트위터 twitter.com/sakyejul
인스타그램 instagram.com/sakyejul_teen

ISBN 979-11-6981-197-2 44810
ISBN 978-89-5828-473-4 (세트)

↳ 사계절 청소년문학 유튜브 호호책방
『브로콜리를 좋아해?』 편 보기